AF222967

William Prides - Latex Verschwörung

Latex Verschwörung

von William Prides

Impressum

(c) 2009 William Prides

Herstellung und Verlag: Books on Demand GmbH, Norderstedt

ISBN-13: 9783839122686

Bibliografische Information der Deutschen Nationalbibliothek:

Die Deutsche Nationalbibliothek verzeichnet diese Publikation

in der Deutschen Nationalbibliografie; detaillierte bibliografische

Daten sind im Internet über http://dnb.d-nb.de abrufbar.

Inhalt

Vorwort

Die Hauptakteure dieses Buches sind zwei Paare, die SM und ihren Latexfetisch auf extreme Weise ausleben, und deren bizarre transsexuelle Freundin. Aus einem ursprünglichen SM-Kreis wurde eine regelrechte Organisation. Wie es dazu kam, kann in "Permanente Transformation" nachgelesen werden, diese Lektüre ist aber nicht Voraussetzung.

Die Handlung ist frei erfunden. Der Autor regt aber zum Nachdenken an, ob die Henne zuerst da war oder das Ei: Haben reale Ereignisse die Inspiration geliefert oder hat jemand das Bedürfnis verspürt, seine Gedankenwelt Wirklichkeit werden zu lassen? Könnte so etwas im alltäglichen Umfeld unbemerkt vonstatten gehen?

Phantasie bleibt besser Phantasie. Nicht nur, weil es so spannender ist, sondern auch, weil die reale Umsetzung gegen die Menschlichkeit und das Gesetz gleichermaßen verstoßen würde.

1 - Auf der Flucht

Es war Samstagmorgen, ich hatte die Zeitung aus dem Briefkasten geholt und sie achtlos auf den Frühstückstisch gelegt. Ich fühlte mich gut, wie konnte es anders sein, wenn man Gummipuppen liebt und das Glück hat, mit gleich zweien zusammenzuleben. Unter der Dusche dachte ich noch daran, wie alles gekommen war und mußte mich spontan befriedigen.

Meine geliebte Natalie - komplett in schwarzes Gummi verklebt, mit permanent in einem Reverse Prayer fixierten Armen, die Hände in sehr kleinen Kugelfäustlingen eingeschäumt, mit angearbeiteten Schuhen aus Edelstahl mit extremen Absätzen, die kleinen Zehen entfernt zungunsten einer winzigen Standfläche, die Taille extrem korsettiert unter Zuhilfenahme der Entfernung einiger Rippen, mit einer Halscorsage aus Edelstahl, eine Gummikugel als Kopf, ohne Ohren, mit weit geöffneten Augen und rotlippigem Blasmund, schmerzhaften Brustwarzenpiercings, einem Gummieinsatz für Mund und Speiseröhre, daher stumm und auf Füttern angewiesen und mit einer Gummivagina mit prekärem Innenleben, so daß sie Lust nur empfinden konnte, wenn sie gleichzeitig Schmerz in entsprechender Dosierung erfuhr.

Ihre Freundin Simone - sie hatte mehr Freiheiten, auch deswegen, weil sie Natalie versorgte. Sie konnte ihre Hände benutzen und sprechen, allerdings nur, wenn ich es zuließ. Ihr Mund und Rachen waren mit Gummi ausgekleidet, das Sprechen wurde durch eine Elektronik ermöglicht, die sich abschalten ließ. Im Gegensatz zu Natalie hatte sie einen eher südländisch-bräunlichen Gummi-hauttyp sowie dazu eine schneeweiße Perücke. Ihre Brüste waren überdimensional gewählt, und ihre Taille noch enger als die von Natalie. Auch bei ihr hatte man sich mit den Schuhen viel Mühe gegeben und es wörtlich auf die Spitze getrieben. Sie stand nun für den Rest ihres Lebens auf Zehenspitzen in kleinen Ponyhufen, so daß sie ständig grazil trippelnd ihr Gleichgewicht ausbalancieren mußte. Ihr Anblick wäre ohne weiteres als weibliches Gummiwesen durchgegangen, wäre nicht ihr ohnehin nicht kleiner Penis noch etwas vergrößert worden, er stand nun in seiner Gummihülle dauerhaft ab. Als transsexuelles Wesen paßte sie sehr gut zu uns, denn ich sah sie als Frau an, aber trotzdem konnte sie Natalie mit ihrem männlichen Glied Befriedigung verschaffen.

Wir setzten uns an den Frühstückstisch, ich begann lustlos in der Marmelade herumzustochern und Simone fütterte Natalie mittels einer Kartusche mit Fertignahrung über den dafür vorgesehenen Stutzen. Die Darmreinigung mittels des dafür angebrachten Rohres hatte sie bereits zuvor erledigt. Da ich heute morgen nicht recht in die Gänge kam, hatte ich Simone stummgeschaltet, so herrschte angenehme Ruhe; nichts hätte mich mehr gestört als zwei nervende Frauen am Tisch. Was für einen erregenden und stilvollen Anblick die beiden doch boten, davon könnte sich manche Frau, die sich erst nach dem Frühstück ins Badezimmer verirrt, eine Scheibe abschneiden. Da fiel Simones Blick auf die Titelseite der herumliegenden Zeitung. Sie zuckte zusammen, und da sie sich momentan nicht artikulieren konnte, hielt sie mir kurzerhand die Zeitung aufgeregt unter die Nase: "Bizarrer Selbstmord einer Schauspielerin", "Hauptdarstellerin sprang am Morgen nach der Premiere vom Dach und wurde als Puppenwesen aufgefunden", "Unter der Kleidung fand man ihren Körper komplett eingeschlossen, nach einem unbekannten Verfahren", "Es wird bezweifelt, daß sie sich dieser Tortur freiwillig unterzogen hat, die Polizei vermutet ein Verbrechen", so war dort zu lesen. Da nach ersten Vernehmungen bekannt wurde, daß es in der Beziehung zu ihrem Ehemann Maik seit langem Probleme gab und er als äußerst eifersüchtig galt, hatte man ihn vorsichtshalber festgesetzt, auch wenn man ihn als Künstler für eher technisch unbegabt hielt, so daß er selbst wohl kaum seine Frau auf so grausame Weise zum lebenden Gesamtkunstwerk werden ließ. Man vermutete Hintermänner in Akademikerkreisen mit Geld, perversen Gelüsten und Zugang zu medizinischen Einrichtungen. Weil man nicht wußte, ob dies ein Racheakt, ein Sexualmord oder ein Ritual war, hatte man sogar den Sektenbeauftragten eingeschaltet. Dies wiederum löste zu einem späteren Zeitpunkt in einer sonst eher oberflächlichen Nachmittags-Talkshow eine Diskussion darüber aus, ob das Verlangen nach einem Fetisch und ein darauf ausgerichtetes Handeln denn Glaube oder religiöses Tun sein könnten, quasi als Ersatzreligion.

Nachdem ich zunächst wohl ziemlich verblüfft dreinschaute, stieß mich Simone mit ihrem Huf ans Schienbein und ich aktivierte ihre Sprachfunktion. Sie ergriff das Wort, während sie den Artikel an Natalie weiterreichte.
"Was glaubst du, was passiert, wenn die Mitarbeiter des Theaters erzählen, daß wir in den Tagen vor der Premiere ständig dort waren und uns um die Kostüme gekümmert haben? Und wenn sie Maik in die Zange nehmen, wie die Gummierung zustande gekommen ist?"
"Euch beiden kann ja nichts passieren, wegen eurer Gummigesichter kann niemand ein Fahndungsbild erstellen. Bei mir sieht das schon anders aus."
"Und wenn Maik von der Organisation erzählt?"
"Wo unsere Haupteinrichtung ist und wer wir sind, weiß er nicht. Und die Telefonnummern, die er hat, waren von Prepaid-Handys, die unter falschem Namen gekauft wurden und inzwischen längst im Fluß liegen."
"Trotzdem - wir können doch hier nicht tatenlos herumsitzen, oder? Wir sollten etwas tun!"
Natalie hatte den ihr vorgelegten Artikel inzwischen auch gelesen und unterstützte Simone durch energisches Kopfnicken.
"Auf jeden Fall sollte ich Dieter anrufen, wie ernst er die Lage sieht."

Gegen kostenlose Werbung hatte ich nichts einzuwenden, und Mundpropaganda hatte uns in der Vergangenheit so manchen Auftrag zugespielt. Nun aber diese Presse! Unseren Lebenstraum in

Frage zu stellen war genauso undenkbar wie einem Musiker sein Instrument wegzunehmen. Ich hatte immer sehr darauf geachtet, keine Spuren oder losen Enden zu hinterlassen, aber trotzdem war ich nervös. Es war ein Gefühl, als wenn man im Supermarkt an der Kasse steht und denkt, daß man etwas vergessen hat, aber man kommt nicht darauf, was es ist. Während ich darüber sinnierte, rief Bernd an.

"Hast du schon die Meldung von Petras Selbstmord gehört?"
"Ja, und irgendwie habe ich kein gutes Gefühl bei der Sache."
"Wir müssen Kriegsrat halten, es betrifft zu viele. Ich hole euch heute abend um Sieben ab in die Haupteinrichtung."

Anschließend rief ich auch unsere beiden Ärzte, Dr. Friedrich und Dr. Anja Simon an und bestellte sie ebenfalls dorthin. Das sonstige Personal mußte noch nichts erfahren. Der Tag verstrich, und immer noch war da irgendetwas in meinem Hinterkopf, was ich nicht greifen konnte.

Abends holte ich die drei wie verabredet ab, wie üblich nahmen sie hinten im Transporter Platz, wo es keine Fenster gab. Auf der Fahrt zur Haupteinrichtung hörten wir im Radio den neuesten Stand der Ermittlungen: "Es wurde mit der Autopsie begonnen. In diesem seltsamen Fall nimmt die Gerichtsmedizin wie üblich Gewebe-proben der Verstorbenen, aber zusätzlich wird auch die chemische Zusammensetzung der Kunsthaut und des verwendeten Klebers untersucht. Beides scheint nach ersten Analysen einmalig zu sein."
Ich trat unvermittelt auf die Bremse.
"Mist, das war es! Sie werden danach suchen, wer das Rohmaterial und die Grundstoffe für unseren Spezialkleber gekauft hat. Wir haben das zwar über unsere Scheinfirma gemacht, aber wenn sie alle Lieferanten und deren Kunden überprüfen, kommen sie uns möglicherweise doch noch drauf."

Nach dem Eintreffen in unserer Haupteinrichtung machte ich allen klar: Flucht heißt die Parole.

Dr. Friedrich und Dr. Anja Simon beschlossen sich dadurch in Sicherheit zu bringen, indem sie für einige Monate in die Entwicklungshilfe gingen, unter ihren richtigen Namen, da das Entwicklungsland für den Fall der Fälle kein Auslieferungs-abkommen mit unserem hatte. Wenn sich die Lage beruhigen würde, würden sie zurückkehren, ansonsten wollten sie nach Ablauf ihres Visums die korrupten Behörden vor Ort bestechen, um eine dauernde Aufenthaltsgenehmigung zu bekommen. Zu Hause würden sie in ihrem normalen Arztberuf aufgrund ihrer Vergangenheit ohnehin keine Anstellung mehr finden, und so kämen sie nicht aus der Übung. Dem übrigen medizinischen Personal würden sie ohne weitere Begründung einige Wochen Betriebsruhe mitteilen.

Ich, meine Frau, Bernd, Natalie und Simone, wir wollten uns zusammen absetzen und retten, was zu retten war. Wir vermuteten, daß uns noch ein oder zwei Wochen Zeit blieben, bis man über die Warenlieferungen an die Organisation mehr über uns herausfand.

Als erste Maßnahme wurde beschlossen, einen gebrauchten Container zu kaufen. Dieser wurde später auf unserem Firmengelände abgestellt. Darin verpackten wir mit viel Schweiß die wichtigsten Teile unserer Ausrüstung sowie Teile unseres Hausrates. Später wollten wir einen Lastwagen mieten, den Container unbehelligt selber aufladen und vorübergehend verschwinden lassen, ohne daß es verräterische Frachtpapiere geben würde. Dann hieß es für alle, Kassensturz zu machen, jeder sollte versuchen, die Flucht mit möglichst viel Bargeld anzutreten, also zu verkaufen was nicht niet- und nagelfest war und wenn möglich noch schnell vorher irgendeinen Konsumkredit aufzunehmen, mit dem guten Gefühl, ihn sowieso nicht zurückzahlen zu müssen.

Wir würden eine Zeitlang ohne Einkünfte, Arbeit und Papiere überleben müssen, wir müßten unsere Puppen durchfüttern und verstecken. Danach könnten wir einen Neuanfang wagen - was sollten wir sonst auch tun? Für die normale Arbeitswelt waren wir längst verdorben, und das Thema Gummi auf das Maß des arbeitenden Durchschnittsbürgers zu reduzieren, dafür war es auch lange zu spät.

"Dieter, das mit der Unterkunft und den Papieren macht mir die meisten Sorgen. Und wohin sollen wir denn? Vielleicht nach Südamerika?"
"Das sind die üblichen dummen Klischees" bekam ich barsch zur Antwort, "wie gut ist denn dein Spanisch oder Portugiesisch und wie willst du unseren Container und später Menschen und Material ohne Papiere über die Grenzen bringen?"
"Du hast ja recht, aber es ist trotzdem absurd. Ihr habt so oft Identitäten in Form von Gummipuppen neu erschaffen und jetzt finden wir selber keine neue."
"Warte mal - ich habe letztens einen Artikel über Verbrechen der Zukunft gelesen. Darin stand, daß der Identitätsdiebstahl wohl zunehmen würde. Das bringt mich auf eine Idee."
Dieter holte einen Laptop hervor, fuhr ihn hoch und suchte angestrengt unter Bildung einiger Stirnfalten.
"Wir haben doch etliche Kunden über Kontaktbörsen gefunden und dabei viel über sie erfahren. Einige Kontakte haben wir nicht weiter verfolgt, weil wir zu viel zu tun hatten und weil manche davon einfach Idioten waren. Genau so einen Idioten könnten wir jetzt gut brauchen."
Mir war zwar nicht klar, was er damit meinte, aber im Laufe der kommenden Woche zeigte sich, daß es ein guter Plan war.

Das Leben hätte für mich so schön sein können. Ich hatte mehr Geld als genug und arbeitete in Ruhe von zu Hause aus als

Schriftsteller. Ich konnte mich ungestört von der Außenwelt in meine Penthousewohnung zurückziehen und wenn mir danach war, dann trug ich den ganzen Tag lang nichts lieber als meinen Latexanzug. Wenn ich nur nicht so schüchtern, etwas bequem und die Partnersuche nicht so schwierig gewesen wäre. Entweder traf man auf komplette Spinner oder auf peitscheschwingende Dominas, und daß man in Kontaktanzeigen den Begriff "Lady" wahrheitsgemäß mit "weit über 50" übersetzen mußte, hatte ich inzwischen auch gelernt. Gut, Bondage und weibliche Gesellschaft in Latex konnte ich mir problemlos im Studio kaufen, aber das war eher Geschäft und zu wenig Gefühl für einen sensiblen Menschen wie mich. Zudem fehlte etwas der Reiz, wenn man vorher abschätzen konnte, wann man wieder befreit wurde. Vor einiger Zeit hatte ich einen interessanten Kontakt mit einer gewissen Simone gehabt. Mit einer Transsexuellen hatte ich noch nie eine Begegnung, trotzdem fühlte ich mich gleichermaßen von ihr angezogen und verstanden. Wir hatten zweimal telefoniert, aber leider, wie so oft, zerschlug sich die Hoffnung, weil der Kontakt abbrach. Wer will schon einen Helmut in Gummi haben, dachte ich, mit etwas mehr Bauch und dafür etwas weniger Haaren auf dem Kopf, obwohl diese Dinge natürlich in meinen Forenprofilen nicht zu sehen waren.

Etwas frustriert setzte ich mich an meinen Rechner und philosophierte schon wieder mit mir selber, darüber, daß man als "Perverser" oft mehr Schreibtischarbeit macht als ein "Normaler" an seinem Arbeitsplatz. Doch freudig überrascht, als wäre es übersinnliche Gedankenübertragung gewesen, schrieb mich doch tatsächlich gerade jetzt diese Simone wieder an. Sie hätte sich einer Operation unterziehen müssen, wäre daher einige Zeit außer Gefecht gewesen und hätte mich nicht vergessen. Ich war hin und weg, kurzentschlossen lud ich sie für den kommenen Abend zu mir nach Hause ein, wo ich mich am sichersten fühlte und meine Latexgarderobe zur Hand hatte. Sie bat darum, beim ersten Treffen aus Sicherheitsgründen eine Freundin, ebenfalls Latexfetischistin, mitbringen zu dürfen, die sich dann im Laufe des Abends verabschieden würde, wenn alles in Ordnung wäre. "Die kann gleich dableiben, nach der letzten Durststrecke habe ich Nachholbedarf" dachte ich.

Am anderen Abend zog ich mich eine Stunde vorher um. Anderer, unerwarteter Besuch war nicht zu erwarten, denn der Aufzug fuhr nur dann bis zu meinem Stockwerk, wenn man in der Kabine den Schlüssel dazu hatte oder ich es vom Penthouse aus freigab. Ich zog meinen Ganzanzug an, der leider über meinem Bäuchlein unangenehm spannte, dazu eine Maske mit Augen-, Nasen- und Mundöffnung. Da ich nun doch etwas nervös wurde, nicht nur die eine Gummipuppe zu treffen, sondern gleich zwei, trank ich zur Beruhigung zwischendurch rasch einen Scotch. Ich malte mir schon aus, wie sein würde, wenn sie mich fesseln und später meinen Schrittreißverschluß öffnen würde.

Zur festgesetzten Stunde klingelte es pünktlich. Das war noch lange nicht bei allen bisherigen Verabredungen so gewesen, manch eine kam gar nicht, ohne vorher abzusagen. Darüber erfreut ließ ich den Aufzug bis in meine Etage fahren und die beiden hinein. Erst wunderte ich mich ein wenig, daß beide leichte Mäntel trugen, denn so kalt war es draußen nicht. Nachdem sie jedoch abgelegt hatten, wurde mir klar warum, sie konnten es wohl nicht abwarten und hatten sich bereits vorher umgezogen. Die eine war offensichtlich sogar bereits gefesselt und Simone nahm ihr den umgehängten Mantel ab. Da sie auf meine Begrüßung hin nur nickte, schien sie unter ihrer Maske darüber hinaus geknebelt zu sein. Was für ein Auftritt, daran hätte ich nicht im Traum gedacht. Vom Eindruck der beiden Gummiwesen war ich schlicht überwältigt, ich vergaß vorübergehend sogar, daß ich selber Latex trug. Wie sie in ihren Gummihäuten glänzten, ganz dezent nach Gummi dufteten, wie ihre kleinen Füße bzw. Hufe hin und her trippelten, das raubte mir den Atem. Merkwürdigerweise waren an den Anzügen keine Reißverschlüsse oder Nähte sichtbar.

Die Begleiterin, die Simone mir als Natalie vorstellte, konnte besonders gut posieren. Langsam wurde es mir unten etwas eng im Anzug.
"Also Helmut, wir scheinen dir ja beide gut zu gefallen. Du hast dich mit mir verabredet, aber du machst die ganze Zeit nur Natalie Stielaugen. Das ist nicht gerade charmant."
"Entschuldige, ich kann es einfach noch nicht fassen. Wenn du mich bestrafen willst, dann tu es, ich habe es verdient".
Schneller als erwartet fand ich mich an Händen und Füßen gefesselt sitzend wieder.
"So, wenn du brav bist, dann wirst du ein Erlebnis haben, welches du nicht wieder vergessen wirst. Da du mit mir verabredet warst, will ich meinen Spaß haben, du wirst meinen Latexpenis zum Blasen in deinen Mund gesteckt bekommen, ob dir das nun paßt oder nicht. Wenn du dir Mühe gibst, dann wirst du anschließend erlöst und darfst die hilflose stumme Natalie durchvögeln, auf die du so geil bist. Aber vorher unterhalten wir uns noch ein wenig. Du suchst doch eine Gummipuppe als Gefährtin zum Zusammenleben, nicht wahr? Wäre das denn hier überhaupt möglich? Würden nicht Besucher stören? Müßtest du sie nicht stundenlang alleinelassen, wenn du arbeiten gehst? Könntest du sie denn finanziell unter-halten?"
"Das wäre alles kein Problem, ich lebe hier zurückgezogen und arbeite von zu Hause als Schriftsteller. Auch meine Bankgeschäfte und sonstigen Dinge mache ich ausschließlich über Internet und Post. Ich liebe die Ruhe, aber manchmal ist es sogar zu einsam. Und arm bin ich nun gerade auch nicht, wie ihr seht."
"Gut, ich verbinde dir jetzt die Augen, und dann kann es losgehen".

Dieser plattfüßige bierbäuchige selbstgefällige Mensch war wirklich ein Idiot. Dieter hatte recht. Nun, ich würde mein Versprechen halten und ihm ein Erlebnis bescheren, welches er nicht vergessen würde, nur eben ganz anders als erwartet. Nachdem ich ihn ausgehorcht hatte, konnte das Unheil seinen Lauf nehmen. Ich legte ihm die Augenbinde an und positionierte unbemerkt meine Tasche in Reichweite.

Dann trat ich vor ihn und ließ ihn meinen Gummischwanz verwöhnen, was er mäßig geschickt, aber mit großer Gier tat. Zwischendurch zog ich mein Glied immer wieder heraus, so daß er es nur noch mit der Zungenspitze berühren konnte, was ihn offensichtlich sehr erregte. Dann kam der Moment der Wahrheit. Ich zog den Penis heraus und steckte ihm im nächsten Moment einen aufblasbaren Knebel in den Mund. Dann zerrte ich ihn bäuchlings auf den Boden, kniete neben ihn (Gottseidank mußte ich nicht auf meinen Hufen stehend balancieren) und verband seine ohnehin bereits gefesselten Hände und Füße zum Hogtie. Jetzt hatte er den ersten Schreck überwunden und wand sich hin und her. Bevor er auf dumme Ideen kommen konnte, pumpte ich den Knebel kräftig auf, sein daraufhin versuchter Hilfeschrei wurde wirksam unterdrückt.

Ich atmete erst einmal tief durch, dann nahm ich Natalie kurz in den Arm, die mich anerkennend ansah. Anschließend rief ich Dieter an. Kurze Zeit später standen alle Mitverschwörer in der großen Penthousewohnung und jeder fand, daß wohl die meisten Menschen auf der Flucht nicht so einen Unterschlupf erster Klasse gefunden hätten. Dieter hatte es mal wieder hinbekommen.

"Nun hör mal zu, Helmut. Deine Geilheit ist dir zum Verhängnis geworden. Wir sind mehrere Personen, die bei dir Unterschlupf suchen und die vorübergehend deine Identität brauchen. Es liegt bei dir, wie es laufen soll. Im besten Fall wirst du hier einige Wochen als Gefangener in Latex gehalten. Da du bislang kein Gesicht sehen konntest, gibt es keinen Grund, dir etwas anzutun. Wir werden aber deine Postanschrift, dein Internetbanking und andere Dinge nutzen. Wenn du uns die Paßwörter verrätst und mitmachst, dann werden wir dich sogar sexuell bei Laune halten und gut behandeln. Vielleicht geben wir dir gerade sogar Stoff für ein neues Buch, wer weiß? Im schlimmsten Fall, wenn du nicht kooperieren willst, werden wir dich links liegen lassen. Es kann nicht schaden, wenn du einige Kilos abnimmst und wenn du dir in die Gummiwindel machst, stört uns das auch nicht besonders. Wie soll es also laufen?"

Es ist überflüssig zu erwähnen, daß Helmut sich dieser Argumentation nicht widersetzte. Er bat sogar selbst darum, die Augenbinde ständig zu tragen, aus Angst, man würde ihm etwas antun, wenn er doch zufällig jemand zu Gesicht bekäme.

Ach ja, nach Dieters Ansprache mußten wir ihn dann trockenlegen, die Angst war wohl in diesem Moment erheblich größer gewesen als die Geilheit...

So hatte wir fürs Erste eine Zuflucht gefunden.

"Mensch, das waren Zeiten."

Wir hatten uns inzwischen im Penthouse so richtig eingelebt und bedauerten insgeheim schon, daß dies nur vorübergehend Bestand haben konnte. Ich saß mit Dieter und seiner Frau auf dem teuren Ledersofa, wir hatten einen unserer geretteten Laptops an den Beamer angeschlossen und sahen uns Videos aus besseren Tagen an. Insbesondere die fertigen Gummipuppen hatten wir ausgiebig zu Werbezwecken gefilmt, aber auch, um ihre Nutzungsmöglichkeiten zu zeigen. Natalie saß mir zu Füßen und kuschelte sich liebevoll an meine Beine. Simone war verschwunden und kümmerte sich sicher um Helmut, der sich als pflegeleicht erwiesen hatte. Vermutlich hatte sie gerade ihren Spaß daran, ihn von hinten durchzuvögeln, während er sich in Gedanken eher danach sehnte, ihr einen zu blasen.

"Wir sollten uns Gedanken machen, wie wir Geld auftreiben, um wieder eine Einrichtung aufzubauen."
"Hör mal, Typen wie diesen Helmut gibt es doch wie Sand am Meer, und er ist doch total auf unsere beiden Puppen abgefahren. Die meisten von denen trauen sich noch nicht einmal in die Realität und holen sich lieber einen vor dem Rechner runter. Könnten wir denen nicht unsere einzigartigen Werbefilme sozusagen als Pornos verkaufen?"
"Das könnte gehen. Wir nutzen einen Server im Ausland, das geht von hier aus, und die Einnahmen lassen wir auf Helmuts Konto laufen. Bevor wir hier wieder verschwinden, räumen wir es leer."
"Wird man denn nicht unsere Handschrift bei der Gestaltung unserer Püppchen erkennen?"
"Und wenn schon, bis hier jemand auftaucht, sind wir über alle Berge."
"Was konnten wir denn noch retten, was uns Geld einbringen könnte, ohne daß wir momentan real Transformationen in Gummipuppen durchführen könnten?"
"Nun, wir haben noch unsere Kundenkartei. Ich wollte sie ursprünglich löschen, habe es aber dann doch nicht getan, weil ich später unsere Stammkunden erneut ansprechen wollte."
"So weit sind wir aber noch nicht, das bringt uns nichts ein."
"Das nicht. Aber wir wissen viele Dinge, mit denen wir die Kunden, die nur ein einziges Mal eine Puppe von uns bezogen haben, erpressen könnten. Es sind zwar mächtige Menschen dabei, mit denen man sich besser nicht anlegt, aber wenn die eines Tages hier aufschlagen, dann kann ihnen ja Helmut den Sachverhalt auseinandersetzen" grinste ich.

Sehr zufrieden mit diesen Zukunftsperspektiven wurde im Laufe des Abends die Hausbar geplündert. Dieters Frau und Natalie blieben nüchtern, ihnen fiel daher später die Aufgabe leicht, ihre Herrn aufzurichten. Wir erinnern uns, daß beiden die Zähne entfernt und durch Imitate aus Gummi ersetzt worden waren. Das dadurch entstehende unvergleichliche Gefühl blieb trotz der fortgeschrittenen Stunde wie erhofft nicht ohne Wirkung, und so wurde beiden anschließend noch ein heftiger Ritt ihrer Herrn beschert, bevor alle erschöpft einschliefen.

Inzwischen war der Container wie geplant unauffällig zwischengelagert worden. Die ersten Einnahmen aus dem Videoverkauf flossen und ein ehemaliger Kunde hatte eingesehen, daß es besser wäre, eine Stange Geld abzudrücken und das geliebte Gummipüppchen zu behalten als einem Parlamentsausschuß und einer Ehefrau die Sache erklären zu müssen und anschließend ins Gefängnis geworfen zu werden. Es ging also langsam wieder aufwärts.

"Jetzt dürfen wir uns nur nicht zu lange über den Erfolg unserer Strategie freuen. Was uns fehlt, ist eine neue Einrichtung und vor allem Rohstoffe. Wir können zwar über Helmut alles mögliche einkaufen und es anschließend wie verheiratete Ehemänner an eine Packstation liefern lassen, aber mit einer Tonne Flüssiglatex und mehreren Fässern Bioklebergrundstoffen geht das nicht. Davon abgesehen wird bestimmt momentan bei jedem Lieferanten überwacht, wer sich dort meldet. Übrigens hört man momentan verdächtig wenig von der Sache in den Medien, das heißt, die sind an was dran und wollen nichts zu früh verraten."
"Ja, wenn der Berg nicht zum Propheten kommt..."
"Du meinst doch nicht etwa?"
"Genau das meine ich."

"Tina, wenn du nicht bereits so entzückend verpackt wärst, würde ich sagen, bitte hübsch einpacken zum mitnehmen.".
"Kunststück, wer kann sich schon mit der neuesten Latexkollektion in Schale werfen, für die in zwei Wochen erst der Katalog erstellt wird? Christoph, bist du ganz sicher, daß wir keinen Ärger bekommen?"
"Erstens sind wir hier ganz alleine. Daß ich hier als Wachmann herumlaufe, ist doch nur eine Forderung der Versicherung. Was soll man denn hier schon klauen? Hier geht es eher zu wie in einer Chemiefabrik als wie in einem Fetischladen. Daß die neue Kollektion hier aufbewahrt wird, ist nur vorübergehend, weil man hier auf dem Gelände Fotos mit Atmosphäre machen will, du weißt schon, mit rostigen dampfenden Rohren im Hintergrund und so. Außerdem sehe ich das Vergnügen mit dir als gerechten Ausgleich für die miese Bezahlung trotz langweiliger Schichtarbeit."
"Dieses hier fasziniert mich mehr als alles andere, was wir hatten."
"Selber schuld, nun mußt du es auch anprobieren".

Das Objekt der Begierde war ein Korsettkleid aus schwarzglänzendem Latex mit roten Applikationen. Die rückwärtige Schnürung begann unten am knöcheltiefen Ansatz des Humpelrocks und lief hinauf bis zum Hals. Dort war eine

18

Halscorsage mit separater Schnürung angebracht, die vorne in eine Maske auslief, die Kinn und Mund mit steifem Latex umschloß, wobei innen unsichtbar ein Penisknebel den Mund ausfüllte. Nach oben und um den Kopf herum bestand die Maske aus dünnerem Latex, um sich besser anzupassen. Seitlich an das Korsettkleid konnte man armlange Latexhandschuhe anbringen, die in Händen ohne einzelne Finger mündeten und die so verstärkt waren, daß man die Hände nicht bewegen konnte. Diese Handschuhe konnten seitlich am Körper anliegend fixiert werden. Das Ausstellungsstück war über einen Schaufensterpuppentorso gestreift, der von hinten durch eine rechtwinklige massive Stange gehalten wurde, die das Kleid mit einem breiten verstellbaren Gurt umschloß und die unten in eine dicke Eisenplatte als Standfuß mündete. Unter dem somit scheinbar schwerelos schwebenden Kleid stand noch ein Paar High Heels von ungefähr 18 cm Absatzhöhe, welches Fesselriemen mit Schlössern aufwies.

Gesagt, getan. Nach einer Viertelstunde Kampf mit der Schnürung konnte Christoph seine Tina als äußerst attraktives, eng korsettiertes Gummipüppchen bewundern. Er hatte es sich auch nicht nehmen lassen, ihr vor dem Anziehen des Korsettkleids hautfarbene Latexstrümpfe mit Naht, einen ebenfalls hautfarbenen BH und ein strammes Gummihöschen mit zwei Dildoeinsätzen zu verpassen. Da er Gleichgewichtsprobleme aufgrund der Schuhe erwartete, aber den Anblick längere Zeit genießen wollte, hatte er sie mittels des Gurtes an der vorhandenen Stange fixiert. Natürlich hatte er auch die Handschuhe seitlich fest angebracht und der Knebel tat seine Wirkung. Außer mit ihren ausdrucksvollen Augen oder einem leisen Stöhnen konnte sich seine Gefangene nun nicht mehr bemerkbar machen. So sollte es auch sein, fand er. Wenn man nicht richtig hinsah, konnte man bei der nicht allzu hellen nächtlichen Sparbeleuchtung meinen, dort stünde nach wie vor ein lebloses Ausstellungsstück. Er genoß das Gefühl der Macht über sein gestöpseltes Püppchen.

Das war schon eine aufregende Sache. Wir hatten das Werksgelände in der Nacht zuvor ausgekundschaftet, scheinbar fühlte man sich dort recht sicher, wir sahen nur einen einzigen Wachmann seine Runde drehen. Überdies standen dort zwei Lastwagen, die Container aufnehmen konnten, und scheinbar lagerte in dem einen oder anderen auf dem Gelände abgestellten Container das Material, das uns interessierte. Unsere Püppchen hatten wir zu Hause gelassen, das hier war doch zu riskant. Wir schnitten ein Loch in den Drahtzaun und sahen uns vorsichtig nach dem Wachmann um, um nicht überrascht zu werden. In einem Verwaltungstrakt brannte Licht, wo in der vorigen Nacht keines war. Im Erdgeschoß war ein Fenster nur angelehnt, so hatten wir keine Mühe, hineinzugelangen.

Einige Räume entfernt hörten wir leise Geräusche. Dieter stieß mich an und flüsterte "immer der Nase nach". Erst jetzt nahm ich den typischen Latexgeruch wahr. Wir näherten uns unbemerkt und sahen durch zwei Scheiben hindurch, die Büros abteilten, den Wachmann. Er hatte es sich bequem gemacht, er hing förmlich auf einem Drehsessel, die Beine auf dem Schreibtisch, und schien entweder mit stiller Bewunderung die ihm gegenüber aufgebaute Latexkleidung zu mustern oder er war eingeschlafen, das vermochten wir nicht zu sagen. Wir hätten uns umgeben von so viel Latexsachen und Zubehör auch sauwohl gefühlt, aber dafür war jetzt keine Zeit.

Wir hatten ein K.O.-Spray dabei, mit dem wir den Wachmann außer Gefecht setzen wollten. Vorsichtig näherten wir uns hinterrücks, als plötzlich Leben in ihn kam. Er stand auf, nahm sein Handy aus der Brusttasche und begann, die Latexkollektion zu fotografieren. Ob wir hier gerade Zeuge einer Werksspionage wurden? Offensichtlich war er nur an einem bestimmten Stück interessiert, einem Korsett-kleid. Er fotografierte es mehrere Male und trat dann näher heran, wohl um die Kopfmaske im Detail aufzunehmen. Das war unsere Chance. Ehe er sich versah, sprühten wir und er sank betäubt zu Boden.

Ohne uns weiter um ihn zu kümmern, sichteten wir die Container auf dem Gelände und fanden einen mit mehr als genug Flüssig-latex. Wir rollten noch einige Blechfässer mit den Zutaten für unsere Biokleber-Mixtur hinein und luden den Container auf einen der abgestellten Lastwagen.
"Sollten wir nicht doch für einen größeren Vorsprung sorgen?"
"Du hast recht, ich weiß nicht genau, wie lange die Betäubung anhält."

Zurück in dem Raum fanden sich ein Latexfesselsack und eine Knebelmaske, die nur die Nase freiließ. Darin verstauten wir den Wachmann, zogen die außen am Sack angebrachten Riemen fest und banden die Öse am Fußende vorsichtshalber noch an einem Heizkörper fest. Beim Hinausgehen ging ich genau an dem Korsett-kleid vorbei, welches der Wachmann so eingehend fotografiert hatte. Ich warf im Vorübergehen einen Blick auf das Objekt und bewunderte die Verarbeitung, wie geschickt der Übergang mit der Halscorsage gestaltet war und wie echt die Augen aussahen, die mich anblinzelten. Anblinzelten? Moment mal...
"Mmhhh, mmhhh" - die Augen wurden größer.
Aha, da steckte doch mehr dahinter?
Wenn wir etwas nicht gebrauchen konnten, dann eine Augenzeugin, die unsere Gesichter und unser Treiben aus nächster Nähe beobachtet hatte. Da waren wir uns einig, ohne ein Wort zu wechseln. Eine Handbewegung genügte, wir machten kurzen Prozeß und nahmen sie von der Halterung ab und trugen sie zu zweit zum Laster, wo wir ihr die Augen verbanden und sie in der Schlafkabine hinter den Sitzen für ihre Reise ins Ungewisse ablegten.

"Das war aber ein Husarenstück" meinte Simone. Natalie tänzelte auf ihren extremen Absätzen aufgeregt umher und Dieters Frau umarmte ihn, froh darüber daß er wohlbehalten wieder zurück war. Der zweite Container war ebenfalls sicher abgestellt, der "geliehene" Laster stand zwischen vielen anderen auf einem großen Rasthof und würde irgendwann gefunden werden, genauso wie der Wachmann, der seine Vorliebe für Latex nun aus einer neuen Perspektive einschließlich Brummschädel auskosten durfte, obwohl er uns ein wenig leid tat.

"Und was habt ihr da noch mitgebracht? Wenn man euch Männer mal alleine losziehen läßt!"
"Es ging nicht anders, sie hat alles beobachtet. Lebende Schaufensterpuppen sind uns nun wirklich nicht neu, aber in dem Moment hatten wir nicht damit gerechnet."
"Was soll denn nun mit ihr werden?"
"Seht mal, wir sind hier alle miteinander glücklich. Eine Puppe mehr könnte dieses Gleichgewicht durcheinander bringen. Außerdem weiß sie zuviel und darf nie wieder Gelegenheit haben, etwas auszuplaudern."
Die Augen des in Hörweite abgelegten lebendigen Latexkorsettkleids wurden angstvoll größer und ein leises Stöhnen war zu hören. Wir gingen in einen anderen Raum.
"Dann bleibt uns wohl nur eine Alternative?"
"Sieh es positiv. Sie ist doch sowieso dem Latex verfallen, sonst hätte sie sich niemals da hineinzwängen lassen. Und wir haben damit die Grundlage für unsere erste permanente Transformation nach unserem Neubeginn. Sie wird natürlich eines unserer stummen Modelle werden."

So hatten wir unerwartet Nachschub in jeder Hinsicht. Doch die größte Herausforderung stand noch bevor und die Zeit lief uns davon. Wir mußten eine neue Einrichtung suchen. Sie mußte einigen technischen Anforderungen genügen, sie sollte dauerhaft verborgen bleiben, wir wollten dort auch wohnen und trotz unserer Einnahmequellen konnten wir natürlich in der Kürze der Zeit keinen Millionenbetrag zusammenbekommen.
"Warum mieten wir denn nicht irgendein Gebäude?"
"Weil wir mit unseren Umbauten dann sofort auffallen. Oder der Vermieter verlängert den Vertrag irgendwann nicht mehr, weil ein anderer Interessent mehr zahlt, und dann sind wir wieder heimatlos."
"Also kaufen. Im Ausland ist es doch billiger oder?"
"Aber wir kennen uns dort zu wenig aus, das funktioniert nicht."
Hier war guter Rat teuer.

Wir durchforsteten einige Immobilien-Suchmaschinen, aber die feilgebotenen Objekte waren einfach zu teuer. Überdies hatte es den Anschein, daß neun von zehn Anbietern nur vermieten und nicht verkaufen wollten, was die Suche sehr einschränkte. Wir suchten in der ländlichen Umgebung westdeutscher Großstädte, aber die Grundstückspreise an sich waren einfach zu hoch, egal ob darauf ein Palast oder eine Hütte stand. Eines Tages gaben wir zwar die Suchkriterien alle richtig ein, vergaßen jedoch zufällig die regionale Eingrenzung. Da gab es auf einmal etliche Angebote, die auf den ersten Blick vielversprechend aussahen. Wir rieben uns die Augen. Ach so, wir waren in den neuen Bundesländern gelandet, wo die Wirtschaft schwach und demzufolge die Immobilienpreise niedrig waren.

Nach weiterer Recherche, die nicht ohne Vorurteile abging, kam ein Objekt in die engere Wahl. Es lag nicht allzuweit entfernt von einem Autobahnanschluß und in Reichweite zumindest einer Kreisstadt, wo man unauffällig Lebensmittel und andere Dinge des täglichen Bedarfs kaufen konnte, ohne in der Menge aufzufallen. Die Bevölkerungsdichte war gering und das Objekt wurde offenbar schon seit längerem angeboten, denn die Fotos zeigten nicht die aktuelle Jahreszeit. Wir vereinbarten einen Besichtigungstermin.

Der Makler wirkte gelangweilt und mit etwas Kopfrechnen ließ sich erahnen, daß er seine zu erwartende Provision mit der Zeit durch die Benzinkosten für die bislang vergeblichen Anreisen zu Besichtigungen aufzehren würde. Immerhin wies er ehrlich auf die lokalen Gegebenheiten hin, bespielsweise daß das Grundstück bereits vermessen und die Vermessung bezahlt sei, wovon wir 'Wessis' nichts geahnt hätten. Auch den Gebäudezustand und die Nutzungsmöglichkeiten erörterte er ausführlich. Ein abweisender Blick genügte, und er fragte nicht danach, was wir damit anstellen wollten. Einerseits wollte er bloß keinen möglichen Interessenten durch überflüssige Fragen verschrecken, zum anderen kannte man das ja, die niedrigen Preise lockten Abenteurer aus dem Westen, die sich dann meistens übernahmen und am Ende stand das Gebäude erneut leer und verfiel. Aber das konnte ihm ja egal sein, er dachte nur an seine Provision. Wir wollten nicht lange weitersuchen, er den Abschluß dingfest machen.

Es war nicht verwunderlich, daß er einen sogenannten Mitter-nachtsnotar an der Hand hatte, der auch außerhalb der üblichen Geschäftszeiten beurkundete, was ihm der Makler anschleppte, bevor die Kunden wankelmütig wurden und zuviel nachdachten. Das war uns ganz recht, denn so blieb keine Zeit für lästige Rückfragen. Der Verkäufer hatte den Makler als vollmachtlosen Vertreter eingesetzt und von uns trat Bernd als Käufer auf. Ihn würde man mit unserem früheren Tun nicht in Verbindung bringen.

Seit ich einmal als Kind auf einer Gummiunterlage schlief, hatte es bei mir geklickt und ich war dem Material verfallen. So oft es ging, kleidete ich mich darin. Einen Partner, dem das den nötigen Kick gab, hatte ich dank meiner Figur inzwischen auch in meinen Bann ziehen können. Aber leider hatten wir beide keine tollen Jobs, ich ging putzen und er war Wachmann. Durch die Arbeitszeiten sahen wir uns manchmal nur für wenige Stunden am Tag, und was schlimmer war, das Geld reichte so zum Leben, aber kaum für

Latexsachen, die teuer waren und nicht ewig hielten. Als wir uns einmal das eine oder andere Glas, vor allem das eine zuviel, gegönnt hatten, alberten wir herum und malten uns aus, wie es wäre, heimlich in einen Fetischladen einzubrechen und die schönsten Latexstücke mitgehen zu lassen. Wir wohnten bescheiden in einem Apartment, in dem es in den Sommermonaten so drückend warm wurde, daß an ein Anlegen der Latexsachen nicht zu denken war. Mein geheimer Traum, den ich Christoph nie erzählt hatte, war unendlich weit weg. Ich wäre am liebsten ständig eine attraktive Latexpuppe, auch dann, wenn ich zwischendurch vielleicht einmal keine große Lust dazu gehabt hätte. Daß in mir eine masochistische Ader schlummerte, war ihm allerdings nicht verborgen geblieben, auch wenn er mich nicht darauf ansprach. Er beobachtete aufmerksam, wie ich beim extremen Schnüren des Latexkorsetts oder beim stundenlangen Tragen von High Heels die Schmerzen nicht nur geduldig ertrug, weil mir die Schönheit wichtiger war, sondern sie geradezu genoß, weil sie mir die ständige Rückmeldung und Sicherheit gaben, daß ich in meiner Rolle perfekt war. Eines Tages kam Christoph nach Hause und tat bewußt ganz übertrieben normal, was bei Männern meistens unfreiwillig komisch wirkt. Ich mußte nicht lange warten, dann kam er mit der Sache heraus.

"Tina, wir haben zwar wenig Geld, aber ich habe trotzdem eine Überraschung für dich, die nicht jeder haben kann. Ich bin für vier Wochen bei einer bekannten Firma eingesetzt, die Latexkleidung, Spielzeuge und so etwas herstellt. Wenn es sich irgendwie machen läßt, dann schmuggele ich dich während meiner Dienstzeit dort ein. Bestimmt finden wir dort mehr als genug nette Sachen, die du mir als Modenschau vorführen kannst."

So eine Gelegenheit kam nie wieder. Ganz legal war es sicher nicht, aber wohl auch nicht allzu kriminell. Nachdem er einige Tage die Lage sondiert hatte, nahm er mich unbemerkt mit. Er hatte inzwischen herausgefunden, daß in der Verwaltung eine neue Kollektion gelagert wurde. Der Reiz, diese einmal durch-zuprobieren, war zu groß. Ich probierte Catsuits, Miniröcke, Masken, Kleider, Capes - es war wie Weihnachten für ein großes Kind. Christoph ging es nicht anders, ich spürte, er begehrte mich in diesen Hüllen und ich mochte gar nicht mehr aus meiner zweiten Haut heraus, denn ich wußte genau, das Glück würde nicht ewig dauern. Zum Abschluß mußte ich unserer Session unbedingt noch etwas obendrauf setzen. Da hing dieses Korsettkleid, ich kam nicht davon los, es schien auch meine Größe zu haben. Ein traumhaft schönes Folterinstrument, dachte ich. Christoph half mir beim Anlegen und Schnüren, aber dieses Mal fühlte es sich anders an. Ich spürte, daß er nicht zerbrechen wollte, was er liebte, aber er schien angesichts des Kleidungsstücks plötzlich eine Eingebung gehabt zu haben, die ihm sagte, wie tief meine unausgesprochenen Sehnsüchte wirklich waren. Unerwartet griff er in die Ecke, wo die Spielzeuge lagen und kam mit Gleitmittel und einem Höschen mit zwei angeformten Dildos zurück, welches er mir mit einer Kon-sequenz anzog, die keine Widerrede geduldet hätte und gerade das gefiel mir. So erging es mir auch bei der langwierigen Schnürerei und als er mir den Maskenknebel in den Mund schob, merkte ich endgültig, daß er nun soweit war, nicht nur mein Partner, sondern auch mein Herr und Gebieter zu werden. Als ich dann hilflos dastand, in abgeschlossenen High Heels, unfähig die Arme oder auch nur die Finger zu bewegen, gestöpselt, stumm und von hinten durch ein Gestell fixiert, da dachte ich, so geht mein Traum wenigstens vorübergehend in Erfüllung. Christoph setzte sich lässig hin und betrachtete mich cool. Oder besser gesagt, fast schon andächtig. Leider gab es keinen Spiegel für mich. Das tat er eine ganze Weile und er genoß jede Minute, wie ich auch, was ich versuchte, ihm durch meine intensiven Blicke zu vermitteln. Mit der Zeit wurde mir etwas schwummerig, aber egal. Christoph hatte beschlossen, den Moment einzufangen und begann, mich zu fotografieren. Er tat es ausgiebig und trat dann näher, um nur mein Latexgesicht im Detail aufzunehmen. Ich bemerkte eine Bewegung aus dem Augenwinkel, die nächsten Momente schienen mir wie ein Traum. Zwei Männer betäubten meinen Christoph, nahmen einige der Schlüssel aus dem Wandkasten mit und verschwanden. Jetzt war ich wieder hellwach. Verdammt, ich war völlig hilflos. Ich versuchte mit Gewalt, irgendwelche größeren Bewegungen zu machen, aber ich fügte mir nur sinnlosen Schmerz zu. Dann versuchte ich, mich bemerkbar zu machen, aber angesichts der kläglichen Laute, die ich hervorbrachte, ließ ich es gleich wieder bleiben. Mein Gehirn begann wieder zu arbeiten. Ich müßte Geduld haben, wenn Christoph wieder aufwachte, könnte er mich befreien, vielleicht bliebe ich sogar unentdeckt, trotz des Einbruchs, und er würde keinen Ärger bekommen. Zu meinem Entsetzen tauchten die beiden Männer jedoch erneut auf und fixierten ihn in Latex, so daß meine Hoffnungen schwanden. Ich konnte ihre Gesichter genau erkennen, aber an mir waren sie bislang achtlos vorübergelaufen. Kunststück, ich war von außen von einer Puppe wohl nicht zu unterscheiden. Als sie gerade hinausgehen wollten, stutzte einer von ihnen, kam geradewegs auf mich zu und sah mir in die Augen. Ich war doch erkannt worden. Verzweifelt stieß ich einen Schrei aus, der vom Knebel effektiv unterdrückt wurde. Die beiden fackelten nicht lange, ich landete so wie ich war im Führerhaus eines Lastwagens, dann wurde es dunkel vor meinen Augen. Nach längerer Fahrt wurde ich scheinbar in einen kleineren klapprigen Transporter umgeladen und weiter ging es. Unmöglich zu sagen, wie lange und wohin. Ich hätte Todesangst haben müssen, und sicher war mir nicht wohl bei der Sache, aber irgendwelche Rädchen in meinem Kopf begannen langsam sich zu drehen, angesichts meiner völligen Hilflosigkeit und ständigen Stimulation durch die Dildos in meinen Löchern. Später ging es wohl in eine Tiefgarage, dann bekam ich kaum Luft, als ich in einen Teppich eingewickelt und fortgetragen wurde, und mit einem Aufzug ging es nach oben. Plötzlich wurde es wieder hell. Ich lag in einer Ecke eines luxoriösen Raumes und konnte mehrere Personen sehen, die sich unter anderem über mich unterhielten. Die Satzfetzen, die ich aufschnappte, hatten irgendetwas damit zu tun, daß ich Latex trug, und ich hatte kein gutes Gefühl. Zwei der Personen waren Gummipuppen, wie ich sie noch nie gesehen hatte. Ob das nun ein gutes oder ein schlechtes

Omen war? Mit der Zeit fand ich heraus, daß wer hier einmal in Latex steckte, zukünftig nichts anderes mehr tragen würde. Es gab einen zweiten, männlichen Gefangenen. Er durfte nichts sehen, ich wurde stets geknebelt gehalten. Ich hatte die Gesichter aller gesehen, aber ich lebte noch, und das in Latex. Irgendetwas hatte man scheinbar mit mir geplant. Ich wurde auf seltsame Art trainiert, diese Mühe hätte man sich sonst nicht gemacht. Zum Beispiel meine Art zu gehen. Ich wurde in eine Latexzwangsjacke gesteckt. In meinem Anus steckte ein großer Dildo, der von einem sehr strammen Gummihöschen unverrückbar an seinem Platz gehalten wurde, der im Schritt verlaufende Gurt der Jacke tat sein übriges. Ich wurde auf dem Bett auf den Bauch gelegt, meine Beine wurden angewinkelt. Vor mir standen schwarze Surfschuhe aus Gummi, die mir angezogen wurden. Die fand ich völlig unerotisch und daneben, was sollte das? Statt des erwarteten Hogties bekam ich nur eine Kette zwischen den Füßen angebracht, die sogar etwas mehr Spielraum als für Trippelschritte ließ. Dann überließ man mich meinem Schicksal, indem man mich in dem Schlafzimmer ein-schloß. Inzwischen hatte ich mitbekommen, daß sich die aus-gedehnte Wohnung weit oben befand, an Flucht war nicht zu denken. Beim Herausgehen sagte das eine Gummipüppchen süffisant "wir werden dich in zwei Stunden dann aus dem Bett holen". So müde fühlte ich mich gar nicht. Ich drehte mich seitlich herum. Oh weh, mit dem Dildo ging Sitzen ja überhaupt nicht. Ich stand also auf. Aua, was war das? Innen an den Schuhen waren im Bereich der Ferse Nieten angebracht, die schmerzhaft stachen, wenn man den Fuß hinten flach aufsetzen wollte. Automatisch begann ich, nur auf dem Vorderfuß zu laufen, als wenn ich unsichtbare High Heels tragen würde. Das war sehr anstrengend, obwohl ich zu verschnaufen versuchte, indem ich mich an die Wand lehnte. Offensichtlich sollte das hier eine Art verschärftes Lauftraining für Püppchen werden. Ich erinnerte mich, daß beide Puppen Expertinnen im Laufen auf extremen Absätzen zu sein schienen. Ob man es ihnen auch auf diese Weise antrainiert hatte? Sie schienen ihre Schuhe auch niemals auszuziehen. Bald konnte ich nicht mehr und setze mich erschöpft auf das Bett. Sofort tat der Dildo wieder seine Wirkung, obwohl das Bett weicher als der Boden war. Ich konnte nichts anderes tun, als wieder aufzustehen und artig umherzustolzieren. So ging es eine Weile hin und her, und weit vor Ablauf der zwei Stunden gab ich auf und lag bäuchlings auf dem Bett, was angesichts der durch die Zwangsjacke vorne fixierten Arme unbequem, aber noch das kleinste von allen Übeln war. Die Puppe hatte es richtig vorhergesagt.

Helmut lag wie so oft in den letzten Wochen gefesselt und blind da, und doch war es dieses Mal etwas anderes. "Die Ketten an deinen Händen und Füßen haben wir mit Zeitschlössern versehen, die in ungefähr vier Stunden aufspringen werden" hatte man ihm gesagt und dann Abschied genommen. Der Spuk war vorüber. Später prüfte er, was seine ungebetenen Gäste alles angestellt hatten. Auf seinem Konto waren größere Geldmengen von ihm unbekannten Absendern eingegangen, zum Schluß schien die gesamte Summe über mehrere Geldautomaten bar abgehoben worden zu sein. Von seinem Geld fehlte auch etwas, aber eigentlich nicht allzu viel. Froh darüber, daß alles glimpflich abgegangen war, wog er ab, ob er die Polizei einschalten sollte. Angesichts der Peinlichkeiten, die sich daraus für ihn ergeben würden, verwarf er den Gedanken wieder. Rückblickend war es vielleicht das größte Abenteuer seines Lebens gewesen, und man konnte nicht sagen, daß er zumindest zwischendurch nicht äußerst liebevoll behandelt worden war, wenn auch sicher, um ihn ruhig zu halten. Vielleicht sollte er seine Erlebnisse als Grundlage für ein neues Buch verwenden...

Christoph, dem Wachmann, erging es schlechter. Nachdem man auf seinem Handy die Nahaufnahme gefunden hatte, auf der Tinas Augen allzu ausdrucksvoll aus der Latexmaske schauten, hatte man ihn wegen grober Pflichtverletzung fristlos entlassen. Fortan wollte er mit allem, was mit Gummi zu tun hatte, nichts mehr zu tun haben und verfluchte den Tag, an dem er sich auf Tina eingelassen hatte.

Die beiden Container mit den Resten unserer Ausrüstung und dem gestohlenen Rohmaterial waren da. Langsam konnten wir wieder tiefer durchatmen. Die Presse meldete inzwischen, daß unsere alte Haupteinrichtung gefunden worden war, allerdings ratzekahl leer und ohne eine verwertbare heiße Spur. Aufgrund der unterirdischen Lage blühten die wildesten Spekulationen, was dort wohl stattgefunden haben könnte. Wir hatten uns also noch gerade rechtzeitig aus dem Staub gemacht.

Unser neuer Unterschlupf war ein stillgelegter Schlachthof. Hier gab es viele bereits vorhandene nützliche Dinge zu entdecken. Es gab gekachelte Räume mit großzügiger Stromversorgung und Kühlung, die sich leicht in einen Operationssaal umfunktionieren ließen. Es gab Lagerräume mit mäßiger Kühlung, in denen wir unsere Roh- materialien lagern und unseren Biokleber mischen konnten. In den ehemaligen Büros richteten wir unsere Zimmer zum Wohnen ein. Das Grundstück war riesig und durch den langen Leerstand hatte sich der Bewuchs verselbständigt, was einen guten Sichtschutz bot. Beim Einkaufen hatten wir an der einen oder anderen Ladentheke ganz beiläufig erzählt, daß wir eine Künstler-WG mit wenig Geld und vielen Ideen seien, die das Gemäuer als Atelier nutzen wollten. Das sprach sich wie gewünscht rasch herum, und wir hatten gegenüber den braven Bürgern gewissermaßen künstlerische Narrenfreiheit. Wir werkelten an der Wiederinbetriebnahme unserer Gerätschaften, die den Umzug zum Glück gut überstanden hatten. Eine gewisse Aufbruchstimmung erfaßte alle, von Tina vielleicht abgesehen, die sich zwar über ihr neues Gefängnis wundern durfte, es aber nicht kommentieren konnte.

Nachdem einigen Wochen, in denen wir fleißig gearbeitet hatten, hatten wir den Eindruck, daß die Fahndung nicht weiterkam und den Fall am liebsten einschlafen lassen würde. Diese Meinung teilten auch unsere beiden Ärzte in ihrer Warteposition in der Dritten Welt. Sie meinten, auf Dauer nur Gutes zu tun, würde ihre finsteren Triebe nicht genug befriedigen. Es dauerte nicht lange, und sie stießen wieder zu uns.

Um wieder ins Geschäft zu kommen, und damit unsere früheren Stammkunden nicht glauben würden, daß es uns nicht mehr geben würde, begannen wir, einige alte Kontakte wieder zu aktivieren. Es gelang nicht bei allen und auch die positiven Rückmeldungen mit generellem Interesse bedeuteten nicht gleich, daß Bedarf da wäre. Immerhin, ein Kunde suchte Ersatz. Er war Geschäftsmann mit Duchsetzungsvermögen und vielleicht war er gerade deswegen im Privatleben verletzlich, wenn seine Gespielin ihn schimpfte. So hatte er damals eine stumme Puppe verlangt und erhalten, mit der er sehr zufrieden war und die er eigentlich nicht wieder hergeben wollte. Da ergab es sich aber, daß er zu Hause einen Handelspartner aus dem Orient empfing. Die Verhandlungen mit ihm waren wort- und gestenreich, aber sie steckten fest. Um eine Pause zur Überbrückung zu schaffen und den Gast abzulenken, ließ der Geschäftsmann seine Gummipuppe Getränke servieren, sich in Szene setzen und pries die Vorzüge dessen, was man mit ihr anstellen könne. An diesem Abend kam kein Abschluß zustande. Am nächsten Morgen beim Frühstück machte der Handelspartner jedoch den unerwarteten Vorschlag, zu günstigen Bedingungen abzuschließen, wenn man ihm die Gummipuppe überließe. Da alles seinen Preis hat, wurde es so besiegelt. Nun sollte also Ersatz her, und natürlich sollte es wieder ein stumm dienendes Gummiwesen werden. Nachdem Dieter dies berichtet hatte, dachten alle spontan: "Tina!"

Ich spürte gleich, daß es jetzt ernst würde, als Dieter mich ansprach.
"Tina, du hast ein Problem. Du weißt zuviel, wir können dich unmöglich wieder gehen lassen. Wenn wir richtige Ganoven wären, dann wärst du nicht mehr am Leben, das ist dir wohl klar. Es gibt für dich eine einzige Alternative, die du in deinem eigenen Interesse überdenken solltest, wir lassen dir damit bis morgen Zeit. Wir haben sehr genau beobachtet, daß dir das ständige Tragen von Latex wie auch die Restriktionen gar nicht so unangenehm sind. Außerdem sprach die Situation, in der wir dich vorgefunden haben, eine mehr als deutliche Sprache, da kannst du uns erzählen, was du willst. Du mußt nur soviel wissen: Für den Rest deines Lebens wirst du aus deiner Gummihaut nicht mehr herauskommen, und wir werden es so einrichten, daß du niemandem etwas über uns verraten kannst, zu deinem eigenen Schutz. Dafür wirst du ein absolut sorgenfreies Leben haben, dich um nichts mehr kümmern müssen, ein mehr als attraktives Gummipüppchen darstellen, welches äußerlich nicht altert und daß ständig sexuelle Erfüllung bekommt. Alles weitere fällt unter das Motto, wer schön sein will, muß leiden. Dein Körper wird dauerhaft modifiziert werden, aber das ist im Zeitalter der Schönheitsoperationen ja nicht un-

gewöhnlich. Du hast kein Recht zu entscheiden, aber du darfst Wünsche äußern."

Obwohl ich seit langer Zeit nun außerhalb der Essenszeit einmal nicht geknebelt war, war ich sprachlos. Dieters Gesicht machte einen entschlossenen Eindruck, mehr war wohl nicht aus ihm herauszubekommen. So beließ ich es dabei. Nachts lag ich ans Bett geschnallt wach und grübelte. Die Fixierung hatte wohl auch den Sinn, daß ich mir nichts antun könnte, wenn ich zu sehr ins Grübeln käme.

Daß ich nie mehr frei sein würde, war mir schon länger klar. Andererseits, was bedeutete Freiheit? Die kleine Wohnung, putzen gehen, sich mit lästigen Dingen wie Geld herumschlagen und am Ende doch nie genug zu haben, um die Latex-Leidenschaft so richtig auszuleben. Darauf würde ich gerne verzichten. Ohnehin war es nicht meine Stärke, Entscheidungen zu treffen, eine gewisse Fremdbestimmung wäre ganz in meinem Sinne. Sicher, es würde Momente geben, in denen ich die Gummierung hassen würde. Aber könnte ich denn umgekehrt überhaupt noch ein Leben ganz ohne Latex führen? Ich ertappte mich dabei, daß ich mir meine Sucht eingestand. Was auch immer nun mit mir geschehen würde, ich erkannte, daß es das Beste war, sich in das bizarre Schicksal zu fügen. Ich rieb unwillkürlich meine Schenkel aneinander und spürte, daß meine Lustgrotte klatschnaß war. Ich war jetzt 32, besser als jetzt würde ich nie mehr aussehen, aber als Gummiwesen würde ich niemals altern. Aus der im realen Leben wenig erfolgreichen Tina würde ein begehrtes Kunstwesen werden. Die Abschottung von der banalen Alltagswelt und die bisherige Gefangenenschaft hatten mir paradoxerweise bereits jetzt schon eine gewisse innere Freiheit gebracht, vermutlich, weil ich mich zum ersten Mal in meinem Leben ungestört auf mich selbst und meine Gelüste konzentrieren konnte.

Wenn sich das noch verstärken würde... Was hatte Dieter erwähnt, ich dürfte Wünsche zu meiner Modifikation äußern? Spontan fiel mir ein, ich hatte immer mit meiner Schuhgröße 42 gehadert, die ich als unpassend empfand. Seit seit der Pubertät hatte ich versucht, diesen Mangel auszugleichen, indem ich mich mit Gewalt in zu kleine Schuhe gequetscht hatte, die einfach viel süßer aussahen. Heute konnte ich tatsächlich Größe 40 oder 39 tragen, aber um den Preis, daß die Zehen deformiert waren und ohne Schuhe keinen schönen Anblick mehr boten. Da sie ohnehin meistens in Latex-strümpfen steckten, störte das nicht. Durch die Bewegung geschah es manchmal, daß sich die Strümpfe durch ein Vakuum fest-saugten, so daß ich kein Gefühl mehr in den Zehen hatte. Dann dachte ich, so muß es vor Jahrhunderten den Chinesinnen mit gebundenen Füßen ergangen sein, die dem gleichen Schönheitsideal große Opfer gebracht hatten.

Am nächsten Morgen wurde ich gefragt, ob ich nachgedacht hätte. Als ob es eine Wahl geben würde. Ich blickte zu Boden.

28

"Ich will weder sterben weil ich zuviel weiß, noch kann ich mir ein Leben ohne Latex vorstellen, ich brauche es einfach zu sehr. Dann lieber zuviel als gar nicht. Lieber bin ich für den Rest meines Lebens etwas ganz Besonderes, als im langweiligen durch- schnittlichen Leben arm und alt zu werden. Aber ich habe einen Wunsch. Meine Füße haben mich immer wegen ihrer Größe genervt, ich habe versucht, das ohne Rücksicht auf Schmerzen auszugleichen, was mir auch gelungen ist, aber dafür sind sie nun nicht mehr schön. Das müßtet ihr doch mit euren Mitteln irgendwie besser hinbekommen oder?" Ich blickte auf und sah Gesichter, die nickten und sich dabei vielsagend ansahen.

"Dr. Friedrich, Dr. Simon, lassen Sie uns besprechen, was unser Kunde will und was unsere Kanditin bietet."
"Auf jeden Fall darf sie nicht sprechen können."
"Das deckt sich mit dem Wunsch unseres Kunden. Wir werden in diesem Fall wie üblich verfahren."
"Sie könnte aber auch etwas niederschreiben. Ob wir einmal mehr die Kugelfäustlinge aus Hartgummi einsetzen sollten, die dann zusätzlich innen ausgeschäumt werden, so daß sie ihre Finger keinen Millimeter mehr rühren kann?"
"Ich habe da etwas anderes im Sinn, auch unter dem Aspekt, daß sie noch in der Lage sein sollte, ihrem Besitzer etwas auf einem Tablett zu servieren."
"Was halten Sie denn von ihren hübschen großen Augen?"
"Sind mir auch schon aufgefallen, die sollten wir zur Geltung bringen."
"Ihrem Wunsch nach kleinen Füßen können wir ruhig nachkommen, das sieht anziehend aus, wenn es sowohl unserem Kunden als auch ihr gefällt, warum nicht."
"Ich habe vorhin schon bemerkt, daß wir diesbezüglich wohl stillschweigend alle die gleiche Idee hatten, als ich Sie angesehen habe. Kann ich davon ausgehen, daß wir wie üblich unseren Er- messensspielraum auskosten dürfen?"
"Aber selbstverständlich."

Natalie und Simone beobachteten die Vorbereitungen, die für die anstehende Transformation getroffen wurden. Inzwischen war ein geeigneter Raum als kleiner Operationssaal hergerichtet worden, und es gab zwei Krankenzimmer. In einem anderen Raum fanden sich die notwendigen technischen Vorrichtungen. Alle Räume wurden von Kameras überblickt, zum einen wegen der Überwachung, zum anderen um die einzelnen Schritte zu dokumentieren. Die beiden Beobachterinnen waren neugierig. Sie hatten zwar einiges von dem Vorbereitungsgespräch der Ärzte mitbekommen, aber aus eigener leidvoller Erfahrung wußten sie, daß bestimmt noch mehr im Busch war. Geschah der Neuen ganz recht, und es wäre kein Fehler, wenn sie recht bald wieder von hier verschwinden würde.

Noch im Laufe des Tages, an dem ich Ja zu meiner zukünftigen bizarren Existenz gesagt hatte, ging es auch schon los. Ich trug ständig abwechselnd irgendwelche Masken, die ich mir nicht aussuchen konnte, heute hatte ich wieder einmal eine Gasmaske angelegt bekommen. Ich bekam mit, daß etwas am Schlauch der Maske angeschlossen wurde, es folgte ein leises Zischen und ehe ich mich versah, befand ich mich im Reich der Träume. Wie lange ich ohne Bewußtsein war, konnte ich nicht sagen. Ich erwachte phasenweise, bekam das eine oder andere mit, um dann wieder wegzudämmern. Ich befand mich in einem Krankenzimmer, ohne Tageslicht und ohne Uhr, so daß ich bald gar kein Zeitgefühl mehr hatte.

Ich erinnere mich, daß zwei Ärzte, ein Mann und eine Frau, die Gesichter hinter dem Mundschutz verborgen, meinen Körper gründlich wuschen und anschließend mit einer brennenden Flüssigkeit einrieben. Als ich erneut erwachte und mich instinktiv zu bewegen versuchte, stellte ich fest, daß ich mit einem Gurtsystem ans Bett fixiert war, wie man es in der Psychiatrie zur vorübergehenden Ruhigstellung verwendet. Als die Ärztin eintrat und meine Haut abtastete, spürte ich, daß sie absolut glatt war, ich war enthaart worden. Sie schien mit dem Ergebnis zufrieden zu sein und strich mir über den Kopf, bevor sie wieder aus dem Zimmer ging. Da merkte ich erst, daß ich auch eine Glatze hatte.

Beim nächsten Erwachen taten mir der Brustkorb und die Taille weh.
"Wir haben ihnen die untersten Rippen entfernt, damit sie eine makellos eng korsettierte Taille bekommen" sagte man mir.

Damit nicht genug, hatten sich beim nächsten Erwachen meine Sinne komplett verändert. Ich spürte etwas in meinem Mund, was sich offensichtlich bis tief in meinen Körper in die Luft- und Speiseröhre fortsetzte. Erschrocken atmete ich heftig, was zum Glück problemlos ging, dafür tat mir gleich wieder der Brustkorb weh. Meine Ohren fühlten sich an wie in Watte gepackt, ich nahm alles nur noch gedämpft wahr. Inzwischen nicht mehr ganz so benommen, schlug ich die Augen auf, aber es blieb dunkel. Entsetzt versuchte ich zu schreien, aber es hatte überhaupt keinen Zweck, scheinbar drang nichts nach außen. So war das also gemeint, daß ich nichts mehr ausplaudern könnte, so eine hinterhältige Gemeinheit! Plötzlich wurde es doch hell. Aber mein Blick war irgendwie verzerrt, alles schien leicht vergrößert zu sein. Mein ganzer Kopf schmerzte unerträglich, als wenn er in einem Schraubstock stecken würde. Zwei schemenhafte Gestalten standen in meiner Nähe und schienen sich zu unterhalten.

"Wir haben zunächst das übliche Grundprogramm verwendet. Die unteren Rippen wurden entfernt, damit sie später dauerhaft extrem korsettiert werden kann. Luft- und Speiseröhre wurden von innen mit Gummi ausgekleidet, mit einem Ventil am Mageneingang. Im Bereich der Stimmbänder ist die Auskleidung doppelwandig zur

Entkopplung. Es kann keine Luft an die Stimmbänder gelangen, so
daß unsere Puppe für immer stumm sein wird. Für ihre ausdrucksvollen Augen haben wir mit etwas Neuem experimentiert und sind
mit dem Ergebnis recht zufrieden. Bislang hatten wir durch
entsprechende Straffung der Augenlider bei den vorherigen
Modellen für ängstlich-verheißungsvoll weitgeöffnete Augen
gesorgt, was bei unseren Kunden gut ankam. Hier haben wir nun
zugunsten des äußeren Eindrucks die Augenlider komplett entfernt.
Die Maske besitzt eingearbeitete Linsen, die die Augen schützen
und sie auch etwas größer erscheinen lassen. Darüber befinden
sich außen künstliche Augenlider aus Latex, die elektronisch
betätigt und über ein Programm auf verschiedene Weise an-
gesteuert werden können. Beispielsweise kann das Gummipüppchen nun auf Knopfdruck der Fernbedienung verführerisch mit
den Augen klimpern, oder man kann es durch Schließen der Lider
auch ohne primitive Augenbinde vorübergehend blind machen. Es
gibt sogar zwei kleine Öffnungen, die Tränen ableiten, denn die
wird es ohne Zweifel hin und wieder geben."
"Die Maske ist uns gut gelungen. Wir werden uns den Füßen
widmen, dann den Einsätzen und dann kommt der Gummianzug
aus einem Guß als krönender Abschluß. Am liebsten würde ich
unser Werk noch heute vollenden, aber die Heilungsphasen und die
Gewöhnung des Körpers werden etliche Wochen in Anspruch
nehmen."

Zwar hatte ich kein Zeitgefühl mehr, aber trotzdem kamen mir die
einzelnen Phasen wie Ewigkeiten vor. Immerhin ließen die Schmerz-
en in den fertigen Bereichen nach und ich gewöhnte mich langsam
an meinen modifizierten Körper. Inzwischen hatte man mir kurz
einen Spiegel vorgehalten, ich sah ein jugendliches Gesicht aus
hautfarbenem Latex, mein Kopf war von einer ebensolchen eng und
faltenfrei anliegenden Maske umschlossen. Ich bestaunte meinen
roten Blasmund, meine künstlichen extrem langen Wimpern und
vor allem meine Augen, die so verführerisch groß und aus-
drucksstark waren, daß ihnen wohl niemand widerstehen könnte.
Die Maske lief am Hals als Torso aus, hier war wohl später der
Übergang zum Anzug geplant.

"Wie geht es denn voran?"
Dieter war mit Natalie und Simone im Schlepptau erschienen und
stattete dem Krankenzimmer einen Besuch ab.
"Sie ist mometan wieder im künstlichen Tiefschlaf. Ende der Woche
ist alles so weit ausgeheilt, daß wir weitermachen können."
"Was habt ihr euch für die Füße ausgedacht?"
"Da werden wir keine Kompromisse eingehen, und sie wird uns
dafür danken. Um möglichst kleine Füße zu erhalten, werden alle
Zehen entfernt. Sie sind ohnehin dermaßen deformiert, daß da
nichts mehr zu richten ist. Zukünftig wird sie Schuhgröße 36 tragen
können."
"Wie sieht es mit der Standsicherheit aus? Natalie und Simone sind
Schönheiten um ihrer selbst willen, aber Tina sollte auch noch

31

etwas praktischen Nutzen haben, vergeßt das bitte nicht."
"Daran wurde gedacht. Bei Natalie und Simone hatten wir die
Sehnen dauerhaft verkürzt und dem Gummianzug permanente
Schuhe bzw. Hufe aus Edelstahl angearbeitet. Beide können
seitdem nur noch mit durchgestrecktem Fuß auf den Zehenspitzen
trippeln, was absichtlich sowohl extrem erotisch wie auch mühsam
und schmerzhaft ist. Bei Tina werden wir ein Konstruktion aus
flachen Kevlarschienen verwenden, die dort wo früher die Zehen
waren, in einer Art verstärkter Box auslaufen. Seitlich an der
Innenseite am Fußgelenk laufen zwei Scheiben übereinander wie
bei der Kupplung eines Autos. Die Scheiben sind in Sektoren mit
verschiedener magnetischer Polung aufgeteilt. Die Füße mitsamt
der Hilfskonstruktion werden mit einer Latexmasse vergossen, die
dick genug ist, um alles abzudecken, die aber auch flexibel genug
ist, sich der Fußstellung faltenfrei anzupassen. Wer die Puppe kon-
trolliert, hat eine Art Magnetschlüssel, der mit einem elektrischen
Feld arbeitet. Damit kann man den Fuß mittels der dann unsichtbaren Scheiben in der gewünschten Position arretieren. Sie kann
flach auftreten müssen, wenn die Arbeit das angeraten erscheinen
läßt, sie kann die Füße im Winkel von 45 Grad aufsetzen müssen,
was einen grazilen Gang ergibt, oder sie bekommt die Füße in der
überstreckten Stellung fixiert, so daß sie nur kürzeste Strecken
unter Schmerzen laufen und vor allem nie weglaufen kann. Da wir
hautfarbenes Latex als Hülle verwenden, kann die Puppe Strümpfe
und Schuhe wie jeder Mensch angezogen bekommen. Wir raten
dazu, sie stets Schuhe tragen zu lassen, damit das Gummi sich
nicht auf Dauer abnutzt."

Meine Füße waren dick bandagiert und schmerzten, und wie früher
bei den Latexstrümpfen spürte ich meine Zehen nicht mehr.
Während die Füße abheilten, auf deren Aussehen ich äußerst
gespannt war, beschäftigte man sich mit meinen Körperöffnungen.
Gegenwehr hatte ich längst aufgegeben und ließ alles über mich
ergehen. Offenbar wurde ich vorgedehnt, um später vorne einen
groß dimensionierten Dildo und hinten ein Darmrohr aufnehmen zu
können.

"Sie wird noch früh genug merken, daß nicht nur ihr reizvoller
Schlafzimmerblick, sondern auch ihre Lust per Kopfdruck
ferngesteuert wird. Der in ihrer Vagina dauerhaft fixierte Dildo läßt
sich sowohl in der Vibrationsfrequenz als auch in Durchmesser und
Länge verstellen, zusätzlich kann er als Straffunktion leichte
elektrische Entladungen produzieren, die auch die ungehorsamste
Gummisklavin im Nu wieder gefügsam machen. Wem immer sie
gehört, er hat absolute Macht über sie."

Dann kam endlich der Tag der Vollendung. Tina war es gelungen,
einen längeren Blick auf ihre Füße zu werfen, und als sie diese in
hautfarbenem Latex dermaßen verkleinert entzückt erblickte,
traten ein paar Freudentränen aus den dafür vorgesehenen

Öffnungen ihres Latexgesichts hervor. Da sie noch recht schwach war, wurde sie mit einem Rollstuhl in einen der vielen gekachelten Räume ohne Tageslicht gefahren, wo ihre zukünftige Gummihaut schon bereitlag. Der aus dickem fleischfarbenem Gummi gefertigte Anzug wies für den Anschluß am Hals und den Füßen die notwendigen Überlappungen auf. Am Hals würde zusätzlich eine dickere Schicht Flüssiglatex aufgestrichen werden, die nach dem Aushärten einen ähnlichen Effekt wie eine Halscorsage haben würde, so daß die Puppe immer eine tadellos aufrechte Figur haben würde. Innen war der Anzug bereits vollständig mit der geheimnisvollen Mixtur bestrichen, die als Biokleber bezeichnet wurde. Sie diente beim Anlegen des Anzugs zunächst als Gleitmittel, im Kontakt mit menschlichem Hautgewebe und dessen Absonderungen wie Schweiß wirkte sie dann relativ zügig als dauerhafter Kleber, der keiner Zugabe einer zweiten Komponente bedurfte. Der Taillenbereich des Anzugs war durch eingearbeitete Streben besonders verstärkt und würde die Trägerin des Anzugs ganz ohne Schnürung fest zusammenpressen. Damit der Anzug überhaupt angelegt werden konnte, wurde eine der geretteten Vorrichtungen verwendet, ein äußerer Ring, von dem aus in regelmäßigen Abständen Gewindestangen nach innen liefen, die in Gewinden in den Korsettstreben Halt fanden, angezogen wurden und so die Öffnung des Anzuges vorübergehend spreizten.

Soweit Tina es durch ihre künstlichen Augen sehen konnte, hatte der Anzug eine gewisse Ähnlichkeit mit dem verhängnisvollen Korsettkleid, in dem man sie seinerzeit entführt hatte. Allerdings schienen die Arme hier irgendwie noch auf der Bauchseite lose herumzuliegen.

"Seht ihr, wie das flutscht? Es geht doch nichts über unsere Erfahrung und Rezepturen. Sogar ihre Löcher lassen sich problemlos stopfen. Soll sie ihren Spaß damit haben."
"Wie sind Sie eigentlich auf die Idee mit dieser speziellen Armfixierung gekommen?"
"Nun, ähem, man lebt ja privat auch nicht wie ein Mönch, und weil es praktisch sein sollte... ach was, ich erkläre es Ihnen: Die Oberarme sind seitlich an den Anzug angegossen. Die Unterarme sind über dem Bauch schräg fixiert, ähnlich als wenn jemand Handschellen angelegt bekommt. Die Hände laufen jedoch in einer Konstruktion zusammen, die von außen zunächst wie ein weicher Muff aus Latex aussieht. Innen befindet sich ein Gestell, welches die Hände so fixiert, daß die Handflächen nach innen zeigen. Ein Umdrehen der Hände oder gar ein Herausziehen ist unmöglich. Die Armhaltung insgesamt ist recht bequem. Die Konstruktion ist so klein ausgelegt, daß die Hände nicht mehr ausgestreckt werden können. Sie sähe sonst zu klobig aus, und außerdem wäre das auch überflüssig. Vorne gibt es eine Öffnung mit einem Deckel, der sie verschließt. Aber selbst bei abgenommenem Deckel können die Hände nichts außerhalb greifen. Anstelle des Deckels gibt es verschiedene Einsätze. Einer davon ist ein innenliegendes Kondom aus stabilem Latex. Wenn dieser Einsatz verwendet wird, kann sich

der Eigentümer der Puppe mit blankem Säbel vor sie stellen und sich ausgiebig verwöhnen lassen. Zum Höhenausgleich oder um seine Puppe absichtlich leiden zu lassen, kann er die höhenverstellbaren Fußgelenke benutzen. Umgekehrt gibt es einen anderen Einsatz, der innen einen Griff hat und einen Außendildo aufweist, wenn gewünscht wird, daß die stumme Gummidienerin weibliche Gäste unterhält. Und nicht zuletzt geben wir als Zubehör ein spezielles Tablett mit, welches unten Standfüße und einen Griff besitzt, so daß es vom Püppchen zum Servieren aufgenommen und vor den Gästen abgestellt werden kann."

Ich erinnere mich noch, wie ich zu dem Anzug gebracht wurde, und ansatzweise daran, wie ich hineinglitt und wie sich die vorgesehenen Einsätze mit Gewalt in meine Vagina und meinen Anus schoben, daß ich dachte, es würde mich zerreißen. Dann wurde mir schwummerig und weg war ich.

Die mir inzwischen doch vertraut gewordenen Gesichter sah ich durch meine künstlichen Augen nie wieder. Meine quasi nackte fleischfarbene Gummihaut wurde inzwischen ergänzt durch ein schweres schwarzes Latexcape mit Kapuze, welches an meiner Halscorsage befestigt war und welches sich in Bauchhöhe zu einem Schlitz öffnete, so daß ich meine Funktion als Dienerin ausüben konnte. Ich trug einer pechschwarze langhaarige Perücke mit Pagenschnitt, schwarze Latexstrümpfe mit dazu passendem BH und Tanga. Meine Füße steckten in roten glänzenden Ballerinas, die mit Bändern sicher befestigt waren.

Mein neues Leben war manchmal hart, weil mein Besitzer meine Hilflosigkeit schamlos ausnutzte. Nicht nur ihn, auch seine Gäste mußte ich in jeder Weise bedienen. Mehr als einmal war mir zum Heulen zumute, aber durch die Maske hätte meinen stummen Schrei niemand gehört und ich konnte weder sprechen noch mich durch Schreiben äußern. Anfangs hatte ich hin und wieder einen Koller wegen der nicht mehr zu ändernden Gummierung bekommen. Das hatte mein Besitzer als Unlust aufgefaßt und ganz konsequent auf die richtigen Knöpfe gedrückt. Erst erhielt ich in meiner Muschi unerwartet einen leichten Stromschlag, was mich zur Räson brachte, dann wurde der Dildo in meinem Inneren vergrößert und aktiviert, so daß ich mich gegen meine aufkommene Geilheit nicht zur Wehr setzen konnte, ob ich wollte oder nicht. Dann bekam ich eine kurze Kette zwischen den Füßen angelegt und die Fußgelenke wurden in der überstreckten Haltung arretiert. Und mein Herr schloß ferngesteuert meine Augenlider. So hilflos ließ er sein Püppchen dann schmachten...

3 - Wieder dick im Geschäft

Unser Kunde Vincente war ein begeisterter Taucher aus dem Mittelmeerraum. Man glaubt gar nicht, wieviele nicht geoutete Gummifetischisten sich bei dieser Sportart tummeln. Er kontrollierte seine Unternehmungen immer noch, hatte sich aber klugerweise soweit aus dem Tagesgeschäft zurückgezogen, daß er sich an Bord seiner Yacht oder in seiner Villa an der malerischen Küste oft dem Müßiggang hingeben konnte. In der Villa gab er für einen ausgewählten Freundeskreis hin und wieder Poolparties. Dann konnte man den Eindruck eines Kostümfestes haben, denn Vincente war nicht nur Lebemann, sondern auch weltoffen und tolerant, und jeder durfte bei ihm seiner Neigung entsprechend gekleidet zu Gast sein, sofern er diese Toleranz auch den anderen Gästen gegenüber walten ließ. Sehr gelegen kam ihm der Nebeneffekt, daß er so die ganze Bandbreite dessen, was sich in den verschiedensten Szenen tat, quasi auf dem Tablett serviert bekam. Denn als junger Mensch war er durch seine konservative Erziehung und den frühen Einstieg in das Geschäftsleben nicht dazu gekommen, seinen ganz persönlichen Traum zu finden. Allerdings kribbelte es bei ihm heute wie früher, wenn er eine hübsche Taucherin in ihrem Gummianzug sah, soviel stand fest.

Eines Tages war auf einer seiner Parties ein lesbisches Paar zu Gast, eine Domina mit ihrer Sklavin. Beide waren dem Latex hemmungslos verfallen und scherten sich um die auch abends noch schweißtreibenden Temperaturen. Der Anblick der beiden herumstöckelnden Hochglanzkörper und wie sie miteinander umgingen, faszinierte ihn mehr und mehr. Er kam mit der Domina bei einem Glas Sekt ins Gespräch und entdeckte, daß ihnen beiden die Liebe zum Meer gemeinsam war. So vergaßen sie ein wenig die Zeit, woraufhin die zu ihren Füßen sitzende Sklavin, deren Arme mit Handschellen auf den Rücken gefesselt waren, aus Eifersucht zu quengeln begann, daß ihr nun doch viel zu heiß würde. Das hätte sie besser nicht getan, denn ihre Herrin, die inzwischen weitere Gläser geleert hatte, packte sie wegen dieser Respektlosigkeit kurzerhand am Halsband und beförderte sie kopfüber in den Pool "Da kannst du dich abkühlen, du Miststück!". Zum Glück waren rettende Hände zur Stelle, sonst wäre sie womöglich ertrunken. Selbstverständlich wurden die beiden nicht wieder eingeladen. Aber in dieser Nacht vearbeitete Vincente die Erlebnisse des Tages in seinen Träumen, und als er morgens erwachte, hatte er ein breites Grinsen im unrasierten Gesicht. Er hatte endlich seine Vision.

"Wir haben einen interessanten neuen Auftrag. So etwas hatten wir noch nie, und Geld scheint keine Rolle zu spielen!"
Dieter kriegte sich fast nicht wieder ein.
"Er will eine Gummi-Meerjungfrau."
"Du willst uns verarschen, wir sind hier nicht bei Andersens Märchen."

"Und am Meer sind wir hier auch nicht gerade."
Nachdem sich der erste Tumult gelegt hatte, wurde die Sache klarer und glaubhafter.
"Es wird eine technische Herausforderung. Und wir brauchen jemand mit einer guten Beinmuskulatur."

Woher die Kandidatin genau kam, die Bernd und Dieter nach tage-langen Ausflügen zu Sportveranstaltungen betäubt im Transporter mitbrachten, war ihnen nicht zu entlocken. Sie war eine schlanke Farbige mit athletischem Körper, sie hätte ebenso gut eine Läuferin wie Hochspringerin sein können, aber keine Schwimmerin, dazu waren ihr Kreuz und ihre Arme zu wenig ausgebildet. Später fanden wir heraus, daß ihre Sprach- und Computerkenntnisse nicht besonders waren, was unseren Verdacht weiter nährte, daß die beiden sie unfreiwillig von der Straße weg engagiert hatten statt wie üblich im Internet nach ihr zu suchen.

Ahnend, daß wer immer es auch werden würde, es eine Person mit einer gewissen Körperkraft sein würde, hatten wir vorsorglich eine der kleineren früheren Kühlzellen umgebaut. Sie hatte eine dicke Tür mit einem kleinen Bullauge, die sich nur von außen öffnen ließ, keine Fenster und oben nur eine kleine Öffnung für die ehemalige Kühlanlage. Mittels Isoliermatten, Bauschaum und anderem Material hatten wir die gekachelten Flächen dick gepolstert. Sogar auf dem Boden ging es sich wie auf Wolken. Dann wurde alles mit Latexbahnen überzogen, deren Nahtstellen verklebt wurden. Am Ende war nur noch Latex zu sehen und wir ließen die Zelle eine ganze Woche lang auslüften. An der hinteren Wand hatten wir einen schweren Eisenring einbetoniert. Durch die Öffnung in der Decke konnte ein Schlauch mit einer Art Schnuller am unteren Ende herabgelassen werden.

Unsere Kandidatin hatten wir, da wir ihren Namen nicht kannten, inzwischen passenderweise auf "Nixe" getauft. Bevor die Betäubung nachließ, verfrachteten wir sie in eine Latexzwangs-jacke. Die Beine verschwanden in einer Röhre aus Schrumpf-schlauch. Unten schauten nur noch die Füße in Latexsocken heraus. Nach äußerst vorsichtigem Erwärmen mit einem Fön saß die Röhre bombenfest. So ausgerüstet, wurde die Nixe in die Gummizelle gelegt. Die Füße wurden über eine Kette mit dem Ring an der Wand verbunden. Es dauerte nicht lange, bis die Betäubung nachließ und Geschrei und ein lautes Kettenrasseln zu hören war, das einem Schloßgeist zur Ehre gereicht hätte. Durch die obere Öffnung der Zelle war zu beobachten, wie Nixe durch wellenartige Bewegungen des Körpers unter Einsatz ihrer Beinmuskulatur versuchte, die Kette zu zerreißen oder den Ring an der Wand zu lockern, natürlich vergeblich.
"Sieh dir diese Bewegungen an. Wir haben die Richtige gewählt." sagte Bernd leise zu Natalie, der er zum Zuschauen zu der Öffnung hinaufgeholfen hatte.
Nachdem in der Gummizelle etwas Ruhe eingekehrt war, sprach

Dieter die Nixe von oben an. Die beschimpfte ihn übelst und verlangte, zu ihrem normalen Leben zurückkehren zu können. Dabei machte sie den schweren taktischen Fehler zu erwähnen, daß sie sich illegal im Lande aufhalte und als Dunkelhäutige in diesem Landstrich keine Freunde hätte. Damit hatte sie ihr Verschwinden für immer unwissend selbst besiegelt. Dieter gab vor, ihr sicherheitshalber den Schlauch herabzulassen und ihr dadurch zu trinken zu geben, ohne die Zellentür öffnen zu müssen. Sie nahm es dankbar an und saugte die Flüssigkeit auf, die sie alsbald wieder ins Reich der Träume schickte.

Neben der Gummizelle war inzwischen ein vorhandenes Becken umgebaut worden. Seitlich gab es eine dicke Plexiglasscheibe und oben ein Gestell über der Wasseroberfläche.

Die Schöpfung des neuen Wesens, der Gummimeerjungfrau, erforderte dieses Mal weniger körperliche Veränderungen, aber viel größere Anforderungen an die Gummihaut. Diese bestand aus zwei Teilen, dem unteren Teil von der Flosse bis zur Hüfte und dem oberen Teil, der über den Oberkörper gestülpt wurde. Beim unteren Teil war ein Schuppenmuster eingeätzt, welches vom Betrachter eher unbewußt wahrgenommen wurde. Im Gegensatz zur Märchenfigur benötigte ein menschliches Gummifischwesen, welches sowieso hilfos und abhängig sein sollte, keine Arme, so daß diese konsequenterweise seitlich am Körper ruhiggestellt und fixiert wurden. Nicht zuletzt im Hinblick auf das vermutlich afrikanische Temperament der Nixe würde ihr Besitzer so mit ihr mehr Freude haben. Die Füße wurden mit dünnen Kevlarschienen zu einer Einheit verbunden und dauerhaft in gestreckter Stellung fixiert. Die Schwanzflosse war aus stabilem Latex vorgeformt, sehr steif und innen hohl. Beim Anlegen des unteren Anzugteils wurde eine Mischung unseres Bioklebers und Flüssiglatex verwendet, der den Hohlraum vollständig ausgoß. So wurde eine optimale Kraftübertragung gewährleistet und die menschlichen Füße waren nicht einmal mehr ansatzweise als Umriß in der Flosse zu erahnen. Schlecht gemachte Hollywood-Filme waren uns ein gutes Vorbild dafür, wie man es nicht macht. An verschiedenen Stellen war der Anzug doppelwandig, um flache, aber großflächige Luftkammern als Auftriebskörper aufzunehmen. Diese konnten über Ventile voreingestellt oder über einen Schlauch fernbedient werden. Wie bei einer Tauchweste konnte so bestimmt werden, ob die Nixe auf dem Boden des Bassins, an der Oberfläche oder mittig im Schwebezustand dahingleiten sollte. Zwar konnte sie kurzzeitig dagegen ankämpfen - was ein reizendes Schauspiel bot - aber auf Dauer reichten die Kräfte dafür nicht aus. Damit die Schwimmlage mit dem Rücken zur Wasseroberfläche stabil blieb, waren in die Gummibrüste zwei hohle Halbkugeln aus Blei eingearbeitet, zusätzlich war eine dreieckige Bleistange vorne zwischen den Schienbeinen unsichtbar angebracht. Über die Versorgung mit Atemluft gab es verschiedene Meinungen. Zugunsten der schöneren Form und eines möglichst langen Aufenthaltes unter

Wasser wurde eine ganz einfache Lösung gewählt. In ihrer Maske mit dem blonden Latexhaar, welches sie beim Tauchen umspielte, waren verschiedene Verschlauchungen eingebaut. Ein Schlauch war an ihre Nase angeschlossen, führte unsichtbar zu einer kleinen Finne an ihrem Rücken und stieg ab dort fast unsichtbar, weil transparent, zur Wasseroberfläche, wo er in einer kleinen Boje mündete. So bekam die Nixe Atemluft zugeführt und auch deswegen war es wichtig, daß ihre Lage stabil blieb, damit sie den Atemschlauch nicht um sich wickelte. Ausgeatmet wurde durch den Mund, in dem ein Gummieinsatz saß, aus dem zwei Schläuche links und rechts über Rückschlagventile die verbrauchte Luft durch bewegliche Kiemen aus Gummi entließen. Zusätzlich gab es einen dritten Anschluß, der wahlweise mit dem Urinkatheter verbunden werden konnte, so daß bei einem längeren Aufenthalt unter Wasser die Gumminixe nicht verdursten würde. Zwar konnte sie es prinzipiell vermeiden, ihren Urin zu trinken, indem sie ihn aus dem Mund durch die Kiemen wieder ausstieß, aber irgendwann würde der Durst schon zu groß werden. Über diesen Schlauch erfolgte auch die Fütterung mit Flüssignahrung, hinten sorgte ein verschließbares Darmrohr für Erleichterung. Die Kopfmaske wies keinen Mund auf, nur eine glatte Kinnpartie. Als Augen waren Linsen eingesetzt, die den Verzerrungs- und Vergrößerungseffekt unter Wasser ausglichen. So konnte die Nixe unter Wasser normal sehen, um den Preis, an Land optisch eingeschränkt zu sein, was gewollt war.

Bei den Probeläufen in unserem Bassin machte unsere Nixe einen zwar sinnlosen, aber entschlossenen Fluchtversuch. Sie nahm mit kraftvollen Flossenbewegungen Anlauf, schoß auf den Beckenrand zu, schaffte es tatsächlich hinaus und dann wie eine Robbe einige Meter weit, wobei sie nur knapp an einigen alten rostigen Haken vorbeischlitterte, die dort herumlagen. Da wir uns nicht vorstellen konnten, daß unser Kunde seinen Pool einzäunen wollte, mußte eine Lösung her. Wir bauten einen Druckschalter ein, der auf Wunsch alle Luftkammern plötzlich entleerte, wenn der Wasserdruck anzeigte, daß es nur noch einen Meter bis zur Oberfläche war und wenn diese Druckänderung nicht langsam, sondern zu schnell erfolgte. Sollte die Nixe so etwas noch einmal versuchen, würde ihr kurz vor dem Ziel der Auftrieb ausgehen.

Natürlich war es wie bei allen Puppen der letzte Anzug ihres Lebens, da sich Biokleber und Haut untrennbar verbanden. Damit die Meer"jungfrau" trotz dieser Bezeichnung kein asexuelles Wesen blieb und damit sie ihr Temperament abreagieren konnte, hatten wir im Bereich der Vagina ringförmig Luftkissen mit anregenden Noppen vorgesehen, die sich durch Luftzufuhr entsprechend ausdehnten. Dies geschah über innenliegende Schläuche dann, wenn man eher kräftig als sanft die Stellen des Körpers berührte, die Männer bei Frauen sowieso gerne antatschen, am Po, an den Brüsten und an der Stelle, wo üblicherweise der Mund zu finden gewesen wäre.

Vincente war gerührt. Seine Nixe wurde der Star seiner Parties. Immer schon waren die Plätze am Pool beliebt gewesen, aber nun zog es doch deutlich mehr Gäste in den Pool, wo sie an der Poolbar ihre Drinks nahmen und zwischendurch abtauchten, um das hauseigene Wunderwesen zu bestaunen, das dort im Licht der Unterwasserscheinwerfer geschmeidig, glänzend und in majestätischer Stille dahinglitt. Wer eine gute Kondition und einen hübschen Körper hatte, konnte versuchen, der Nixe nachzukommen, mit etwas Glück kam die sonst eher unnahbar Erscheinende dann auf ihn zugeschwommen und umgarnte ihn wie die Sirenen, die Seeleute ins Verderben locken. Wer instinktiv auf ihr Werben einging und sich an Brust oder Hintern verging, der konnte sogar länger Spaß mit ihr haben, sofern ihm nicht zwischendurch die Luft knapp wurde. Der eine oder andere Gast vergaß über einen faszinierenden Kuß des mundlosen Gummigesichts schon einmal, daß er selbst nicht für das Leben unter Wasser geschaffen war und tauchte dann zum Gaudium der anderen Gäste plötzlich japsend mit hochrotem Kopf wieder an der Wasseroberfläche auf.

Ich hatte nach dem Verlassen meines armen Heimatlandes bald gemerkt, daß ich hier nicht unbedingt willkommen war. Ich wußte, daß es gefährlich war, weil ich keine Papiere hatte. Aber was mir passiert war, so etwas kannte ich nur aus Fernsehserien, die ich genauso wenig ernstgenommen hätte wie ich geglaubt hätte, daß die dort agierenden Schauspieler nach einer Schießerei wirklich tot gewesen wären. Auf offener Straße war ich beim Joggen entführt worden, man hatte mich in einer Zwangsjacke in eine Gummizelle gesperrt wie eine Verrückte und nun - entweder war es ein nie mehr endender Traum oder ich war wirklich nicht mehr ich selbst. Sicher, ich wurde bewundert und offensichtlich auch begehrt, und man kümmerte sich liebevoll um mich. Auch das Latex war mir schnell zu einer zweiten Haut geworden, die mir nicht unsympathisch war. Aber daß ich meine Arme nicht mehr gebrauchen konnte und stumm sein mußte wie ein Fisch vertrug sich absolut nicht mit meinem Temperament. Ich hätte allen die Augen auskratzen und stundenlang herumschreien können. Anfangs wehrte ich mich, aber ich mußte erkennen, daß es sinnlos war. Mein Herr ließ mich einfach alleine im Pool schweben. Die einzige Möglichkeit mich abzureagieren war, mit kräftigen Schlägen meiner Schwanzflosse herumzuschwimmen. Ich versuchte verzweifelt, aus dem Pool zu entweichen, aber es war ein Mechanismus eingebaut, der das verhinderte. Es hätte wohl auch nichts genutzt, denn ohne laufen, greifen oder außerhalb des Wassers gut sehen zu können, wäre ich sicher nicht weit gekommen auf meiner Flucht. Wahrscheinlich hätte mir die fehlende Kühle des Wassers sogar einen Hitzschlag versetzt. Es kam noch hinzu, daß ich, nachdem mein Willen soweit gebrochen war, daß ich mich mit meiner neuen Existenz halbwegs abgefunden hatte, etwas anderes zu vermissen begann. Immer stärker und verzweifelter. Früher hatte ich zwar nicht ständig die Gelegenheit gehabt, herumzuvögeln, aber Lust dazu hatte ich eigentlich immer, und mangels anderer Gelegenheit hatte ich es mir fast jeden zweiten Tag selbst besorgt. Der Spaß schien nun für immer vorbei. Als ich nach der ersten Zeit ruhiger wurde, nahm sich mein Besitzer, dessen Namen ich nicht kannte, meiner an. Mit einer Atemflasche ausgerüstet begab er sich in mein Reich und ließ mich spüren, welche Eigenschaften mein neuer Körper sonst noch hatte. Schnell merkte ich, daß ich durch eine Vorrichtung in meiner Muschi dann geil wurde, wenn er sich mit meinen Gummititten oder meinem Latexhintern beschäftigte. Er nahm sich Zeit damit und brachte mich zu einem nie dagewesenen perversen Orgasmus, daß ich mich eher wie ein Zitteraal als wie eine Meerjungfrau fühlte. Anschließend hielt er mich eine Weile an der Hüfte umfaßt, er hatte anscheinend trotz meiner Maske mitbe-kommen, daß ich meinen Spaß hatte. Obwohl es mir ohne eigene Mundöffnung sinnlos erschien, küßte er mich unerwartet und heftig, ich schien ihm wirklich etwas zu bedeuten. Der Druck auf den Mund löste eine weitere kleine Explosion in mir aus, die mich restlos befriedigte. Nachdem ich den Bogen einmal heraus hatte, erschien mir das Leben nicht mehr ganz so sinnlos. Oft waren Gäste im Haus, die gerne mit mir spielten. Die Unsympathischen darunter neckte ich und schwamm ihnen davon, andere dagegen verfolgte ich regelrecht und animierte sie, so daß sie mich wie von selbst an meinen künstlichen erogenen Zonen berührten und so in Stimmung brachten. Leider dauerte dieses Vergnügen meist nur kurz, weil sie wieder auftauchen mußten und ich kam nie zum Höhepunkt.

Als wenn mein Herr, dieser Schwerenöter, das ganz genau gewußt hätte, kam der dann manchmal, wenn alle Gäste bereits fort waren oder schliefen, mit reichlich Atemluft aus der Flasche ausgerüstet zu mir nachts ganz alleine in den Pool und verschaffte mir endlich Erleichterung.

Es gab in der Gummiszene einige weibliche Fotomodelle, die es zu einer gewissen Bekanntheit gebracht hatten und die in unregel-mäßigen Abständen im Internet und in Hochglanzmagazinen mit ihren neuesten Fotografien zu bewundern waren. So eine war auch Chantal, die mit ihrem Partner und Fotografen Andrej verheiratet und sehr glücklich war, denn solche Verbindungen funktionierten selten auf allen Ebenen harmonisch. Natürlich war das Paar den Mitgliedern unserer Organisation nicht unbekannt. Umgekehrt verfolgte Andrej aufmerksam die Pressemeldungen zum "Gummi-Theaterselbstmord". Er versuchte aller Fotos habhaft zu werden, die von der toten Schauspielerin auftauchten, studierte sie eingehend und war immer mehr fasziniert von der sauberen, nahtlosen Arbeit. Als dann später noch der mysteriöse Raub in der Latexfabrik gemeldet wurde, stand für ihn fest, daß das kein Zufall sein könnte, und so klein die Chance auch war, er mußte ver-suchen, sie zu nutzen. Denn seit einiger Zeit überschattete ein tragischer Unfall die sonst so glückliche Beziehung und begann, an ihren Grundlagen zu nagen.

Während einer aufwendigen Fotosession zum Thema "Latex und Japan-Bondage" hatte sich ein Gerüstteil gelöst und Chantal war aus einer Hängebondage abgestürzt. Gerade sie, die wie kaum eine andere in den engsten Latexsachen auf extremsten Absätzen gekonnt herumstolzieren konnte, hatte das Schicksal nun aufgrund des Unfalls in den Rollstuhl verbannt. Beide liebten sich nach wie vor und versuchten so gut es ging wie bisher weiterzumachen. Es entstand noch einmal eine Bilderserie, auf der Chantal sich angekettet lasziv ganz im roten Gummioutfit auf einem Bett mit schwarzer Latexbettwäsche räkelte. Niemand wußte, daß es Andrej war, der ihre Beine fotogen ausrichtete. Bei dieser letzten Serie blieb es, das Leben war aus ihrer beider Arbeit gewichen. Chantal kam sich nutzlos vor und stand kurz vor einer Depression, Andrej mußte sich selbst eingestehen, daß trotz seiner Liebe zu Chantal sein Gradmesser in der Hose inzwischen bei anderen Modellen mehr ausschlug. Inzwischen gab es auch bereits in der Szene Getuschel, ob Chantal sich aus dem Geschäft zurückziehen wollte oder möglicherweise Drogenprobleme hätte.

Andrej hatte vor vielen Jahren, als er mit seinen Fotoarbeiten gerade anfing, einmal Dieter kennengelernt und der hatte ihm damals Phantastereien erzählt von lebenden Gummipuppen, die ihm so unrealistisch vorgekommen waren, daß er sie bald wieder vergessen hatte. Heute fragte er sich, ob nicht möglicherweise doch etwas daraus geworden war, denn was er in der Presse las, trug genau die Handschrift aus Dieters damaligen Schwärmereien. Wenn jemand eine rettende Idee haben könnte, dann dieser merkwürdige Mensch. Ärzte und Psychologen, die nur ihre Schulmedizin kannten und selbst keine Erfahrungen mit Fetischismus und SM hatten, konnten nicht helfen; entweder betrachteten sie den Fall nur als interessantes Studienobjekt oder sie sahen die Neigung an sich als krankhaft an, statt nach einer dem Patienten förderlichen Lösung zu suchen. Man bekommt halt im Studium nicht beigebracht, daß Sex und Erotik überall im täglichen Leben unterschwellig vorhanden sind. Wenn man dann versucht zu heilen, indem man zuerst den sexuellen Aspekt des Lebens ausklammert, weil er zuweilen kompliziert und störend ist, dann muß man sich nicht über schlechte Genesungsfortschritte wundern.

Nach einiger Recherche in diversen Internetforen meinte Andrej, fündig geworden zu sein und sandte die Frage, ob sich am anderen Ende jemand an bestimmte Jugendträume erinnern könne, wenn ja, so bräuchte er die Hilfe desjenigen.

"Bernd, Natalie, Simone, und natürlich auch du, meine Gummi-ehesklavin, wir müssen Kriegsrat halten, ich brauche euer moralisches Urteilsvermögen." Draußen war es trotz fortgeschrittener Stunde noch angenehm warm und geschützt durch den verwilderten Bewuchs des Grundstücks, den wir absichtlich so beibehielten, saßen wir eher wie eine bizarre Familie als wie eine mafiöse Organisation gemütlich beisammen.

41

"Ich habe vor vielen Jahren einmal einen Mann kennengelernt, der sich heute mit Künstlernamen Andrej nennt. Man kennt ihn als Fotograf und Partner des Latexmodells Chantal. Aber damals fing er gerade erst an zu fotografieren und ich selbst hatte den Kopf voller Ideen und keine Ahnung, ob ich sie jemals würde umsetzen können. Dieser Andrej scheint mich jetzt gezielt gesucht zu haben und bittet mich um Hilfe bei einem Problem mit seiner Partnerin."

"Klingt wie eine Falle"

meinte Bernd spontan, und seine stumme Natalie nickte, wobei ein zufälliger weicher Lichtstrahl ihr Gummigesicht wunderschön zur Geltung brachte.

"Habe ich auch gleich gedacht. Aber mir ist aufgefallen, daß seit geraumer Zeit keine neuen Fotos mehr von Chantal herauskommen und daß sie auch keine Interviews mehr gibt. Da muß wirklich etwas passiert sein. Darum habe ich angedeutet, daß ich der Gesuchte sein könnte, mich aber nur auf einen engeren Kontakt einlassen würde, wenn er mir vorher sagen würde, worum es geht und was er von mir erwartet."

"Und was hat er geantwortet?"

"Er scheint wirklich verzweifelt zu sein, sonst hätte er nicht so offen geschrieben. Kurz gesagt, so wie es momentan aussieht, wird es keine Fotos von Chantal mehr geben und möglicherweise wird sogar die Partnerschaft in die Brüche gehen. Sie hatte einen Unfall und sitzt seitdem im Rollstuhl. Das Schlimmste, was jemand passieren kann, der mit seinem Körper arbeitet und aus ihm und der zugedachten Rolle Selbstbewußtsein schöpft."

"Das ist ja furchtbar. Aber was hast du damit zu tun?"

"Er scheint mir insofern auf die Schliche gekommen zu sein, als er meine früheren Träume in den heutigen Schlagzeilen wiedererkannt hat. Nun weiß er zwar auch nicht genau, was ich für ihn tun kann. Aber er erwartet von mir das, was alle Verzweifelten sich wünschen: ein Wunder."

Es gab einen Moment des Schweigens. Dann meldete sich Simone zu Wort.

"Wie meintest du das mit dem moralischen Urteil?"

"Ist es nicht irgendwie makaber, wenn wir das Unglück einer Behinderten als Grundlage für eine Umwandlung benutzen?"

"Gegenfrage: Willst du jemand für den Rest des Lebens sexuelle Anregung verwehren, nur weil diejenige ein Körperteil nicht mehr benutzen kann?"

"Bestimmt nicht, das wäre das Grausamste überhaupt."

"Wenn wir uns wie schon so oft nicht um die Grenzen der so-genannten Gesellschaft geschert haben, können wir in diesem Fall nicht nur Geld verdienen, sondern auch etwas Gutes bewirken. Vielleicht wird sie nicht mehr depressiv sein und die Partnerschaft ist eventuell auch noch zu retten. So wie früher arbeiten wird sie wohl nicht wieder können, aber vielleicht auf eine andere Weise."

Nachdem wir uns noch einmal vergewissert hatten, daß die Dinge wirklich so lagen, fuhren wir zu Andrej und Chantal um zu sehen, was zu tun wäre. Die beiden bewohnten, ganz cool und stilecht für ihr Treiben, eine ausgedehnte Loftwohnung in einem alten Fabrik-gebäude. Hier konnten sie ihre Neigungen ausleben und fotografisch arbeiten, wobei die Grenzen fließend waren. Oft hatte eine private Aktion die Inspiration für ein späteres professionelles Foto geliefert, andersherum erduldete Chantal es mit Genuß, wenn ihre geliebter Andrej so auf ihren latexglänzenden Anblick abfuhr, daß er sie nach getaner Fotografie gerne noch eine Weile in der momentanen Fixierung zappeln und leiden ließ. In einigen Räumen zierten großformatige Fotos von Chantal in edlen Rahmen die Wände, einige davon waren aus diversen Magazinen und Internet- seiten bekannt. Momentan war der Eindruck aber nicht der eines geschäftigen Treibens oder der, daß Spannung in der Luft läge. Es war still, zu still, so daß die hohen Räume den Besuchern das Gefühl der Verlorenheit vermittelten. Chantal wollte zwar erst niemand empfangen, aber Andrej hatte Mittel und Wege, dies gegen ihren Willen zu ihrem Besten durchzusetzen und fuhr sie im Rollstuhl herein. Es fiel auf, daß sie es vermied, ihre eigenen BIlder aus glücklicheren Zeiten oder sonst jemand anzusehen, sie schaute scheinbar teilnahmslos vor sich hin. Sie trug eine blaue Latexbluse mit Puffärmeln und hohem engen Kragen, die an der Taille eng geschnitten war und nur sitzen konnte, weil Chantal darunter offensichtlich eng korsettiert war. Dazu schwarze Latexhandschuhe mit langen roten Fingernägeln aus rotem Latex, die sehr echt wirkten. Eine große Sonnenbrille mit seitlichen breiten Blenden verdeckte ihre Augen komplett. Ihr schönes langes blondes Haar rahmte ein ebenso hübsches Gesicht ein, welches jedoch fast gar nicht geschminkt war und sehr blaß wirkte. Bei näherem Hinsehen bemerkten wir, daß ihre Handgelenke an den Lehnen des Rollstuhls festgeschnallt waren und daß der vermeintliche Humpelrock aus Gummi ein Bondagesack war, der von den Füßen bis zum Hüft- ansatz reichte und der auf der dem Betrachter abgewandten Seite durch Gurte strammgehalten wurde und ebenfalls am Rollstuhl befestigt war.

Andrej beendete das bleierne Schweigen.
"Danke, daß ihr gekommen seid. Wir brauchen eure Hilfe. Ich möchte Chantal wieder glücklich sehen und unsere Beziehung retten. Ich glaube, daß es nur so geht, daß sie in irgendeiner Weise wieder arbeiten kann, vor allem aber, daß sie sich wieder von mir begehrt und bewundert fühlt."
"Warum hast du sie fixiert, wenn sie momentan nichts dabei empfindet und ihre Beine ohnehin nicht gebrauchen kann?"
"Die Ärzte haben sie als für ihre Umwelt ungefährlich eingestuft, weil sie ganz passiv ist. Aber sie haben gesagt, daß die Gefahr groß ist, daß sie sich selbst etwas antut, weil sie keine Lebens- perspektive mehr sieht. Nur mit Mühe konnte ich sie überzeugen, daß es ihr hier gut geht, sie wollten sie in eine psychiatrische Klinik einweisen. Dort wäre sie dann vor die Hunde gegangen, weil man ihr erst das Latex weggenommen und dann ihre Neigungen für krank erklärt hätte. Es ist für mich nicht leicht, aber lieber passe ich hier auf sie auf. Ab und zu gibt sie mir eine leise Rückmeldung, daß sie mich dafür liebt, daß ich sie immer noch hübsch in Latex kleide, damit sie trotz allem gut aussieht, auch wenn es keinen Sinn mehr machen würde. Ansonsten spricht sie nicht viel und weint immer wieder. Ihre Augen sehen entsprechend aus, und sie hat mir auch

gesagt, daß sie zuviel äußere Reize nicht verarbeiten kann. Mit ihrem Einverständnis trägt sie diese Brille, die von innen völlig mit schwarzer Farbe eingesprayt ist, sie kann ebensowenig sehen, als wenn sie eine Augenbinde tragen würde, aber es wirkt nach außen hin eleganter. Der Bondagesack dient nicht nur der Fixierung im Rollstuhl, ich habe herausgefunden, daß sie auf keinen Fall will, daß man ihre nutzlosen Beine anschaut, so ist sie viel ruhiger."

"Das ist ja heftig. Aber was erwartest du denn von uns?"
"Das weiß ich auch nicht so genau. Aber nachdem ich mir denken konnte, wer hinter den jüngsten Ereignissen steckt, und vor allem nachdem ich die Qualität eurer Arbeit studierte hatte, habe ich vollstes Vertrauen in eure Fähigkeiten und euren Einfallsreichtum. Kurz gesagt, ich bitte euch darum, mein Püppchen wieder zum Leben zu erwecken, Geld spielt keine Rolle."
"Gib uns Zeit, wir müssen in unserem Refugium Ideen sammeln und Versuche durchführen."

Da hatten wir uns etwas angetan. Es wäre sicher ein Leichtes gewesen, ein Gestell zu konstruieren, welches Chantal von der Hüfte abwärts gestützt hätte, das Ganze mit einem ausladenden Gummirock zu verdecken und es unten am Gestell mit Rollen zu versehen, um das Gehen vorzutäuschen. Aber Chantal war für ihre endlos langen Beine und ihren Gang bekannt, dieses zu verstecken hätte bedeutet, sofort die allgemeine Neugier zu wecken und der anschließende Skandal wäre schlimmer als ihre jetzige Zurück-gezogenheit geworden. Außerdem brauchte Andrej etwas mit mehr Bewegung, sonst würde es ihm bald langweilig werden. Welche Konstruktion auch immer es sein würde, wir konnten davon ausgehen, daß Chantal selbst für eine nur teilweise Rückkehr in ihr altes Leben alles tun würde.

Wieder einmal brachte uns die Lektüre der Morgenzeitung zu einem Entschluß. Dort war unter Politik ein Artikel zu finden, der betitelt war mit "Ex-Minister wechselt die Fronten und wird Lobbyist. Marionette statt Machtanspruch?". Das war der Anstoß, den wir gesucht hatten. Denn ob in der Politik oder beim Kinderspiel, eine Puppe erweckt man dadurch wirkungsvoll zum Leben, daß man sie zur Marionette macht. Ganz wörtlich würde sich das nicht umsetzen lassen, aber Hauptsache, der Anfangsgedanke war da.

Andrej liebte mich noch immer, das spürte ich. Er versuchte alles, damit ich nicht über den Verlust meiner Doppelrolle als Model und seiner Sklavin meine Identität und meinen Lebensmut verlor. An manchen Tagen gelang es ihm, an anderen ließ ich mich nur noch hängen. Es tat mir immer gut, das Latex zu spüren, und ich war ihm unendlich dankbar dafür, daß ich bei ihm bleiben durfte und nicht von unwissenden gutmeinenden Ärzten noch weiter in den Schlamassel getrieben wurde. Als er mir erzählte, daß er möglicher-weise eine alte Verbindung wiedergefunden hätte, nahm ich davon keine besondere Notiz. Immerhin, wenigstens für ihn schien es ein Hoffnungsschimmer zu sein. Daß es ihm wichtig damit war, bekam ich zu spüren, als er mich dann unfreiwillig mit dem Rollstuhl zu unserem Besuch mitnahm. Böse war ich ihm deswegen nicht wirklich, einerseits war ich dazu inzwischen zu gleichgültig, andererseits konnte ich durch meine abgedunkelten Augen in meiner Welt bleiben und mußte mich mit nichts auseinandersetzen. Es war ein feiner Zug von ihm, daß er mich so gut er konnte schick gemacht hatte. So war er eben, auch das hilfloseste Modell ließ er gut aussehen. Da meine Ohren nicht verschlossen waren, hörte ich zu, was gesprochen wurde. Etwas Konkretes schien nicht herausgekommen zu sein, aber es klang doch so, als wären hier außergewöhnliche Menschen am Werk, die ihr seltsames Handwerk verstünden. Da das zu schön gewesen wäre, verwarf ich den Gedanken auf wirksame Hilfe bald wieder, aber der Gedanke, daß ich mich auf alles einlassen sollte, weil es nur noch besser werden konnte, war für einen Moment klar in meinem Kopf und verschwand dann wieder, wie ein Streichholz, das abgebrannt war.

Die Lösung erforderte gleichzeitiges Arbeiten sowohl in der Loftwohnung als auch in unserer Einrichtung. Andrej bekam von uns Pläne, welche Umbauten er in Teilen der Wohnung vorzunehmen hatte. Damit erreichten wir nicht nur, daß er parallel zu uns und damit zeitsparend arbeitete, sondern er war auch beschäftigt und hatte sich ausreden lassen, bei der Umwandlung seiner Frau anwesend zu sein. So stand er uns nicht im Weg herum und konnte später auch nicht unseren Standort verraten. Natürlich hatten wir den beiden genau erklärt, was wir vorhatten, und sie waren einverstanden. Chantal wurde diskret von uns abgeholt und setzte freiwillig ihre undurchsichtige Brille auf, um später unseren Standort nicht verraten zu können.

Im Gegensatz zu unseren üblichen Permanentgummierungen war hier weniger Narkose erforderlich, andererseits mußten wir einige Techniken wie das Eingießen von Hohlräumen ins Latex unter Verwendung eines Gebläses quasi erst einmal erfinden. Wir hatten den Denkansatz der Marionette teilweise aufgenommen und mit unserem hauseigenen Stil ergänzt.

In diesem Ausnahmefall würde nur die untere Körperhälfte dauerhaft in Latex eingeschlossen werden. Es blieb ihr so für alle Fälle die Möglichkeit, ihr Gesicht und ihre Brüste sowohl für die Fotografie als auch für ihr privates Empfinden wie bisher zu nutzen, und ihre Arme durfte sie frei bewegen, soweit sie nicht - wie auch vor ihrem Unfall - gerade von ihrem Herrn gefesselt wäre. Für ihren Oberkörper sahen wir ein Korsett vor, welches sich durch darüberliegende Kleidung kaschieren ließ. Es umschloß den gesamten Oberkörper, hatte gepolsterte Auflageflächen unter den Achseln und war mit mehreren dünnen, aber äußerst tragfähigen Stahldrähten versehen, die nach oben abgingen. Sie waren in der Lage, Chantal schwebend in der Luft zu halten. Oben mündeten sie in eine gemeinsame Aufhängung. Auf späteren Foto- oder Filmaufnahmen würde man die schwarz gefärbten Drähte je nach Hintergrund entweder gar nicht erkennen, oder sie wären mittels eines Bildbearbeitungsprogramms rasch wegretuschiert. Andrej installierte parallel in den Räumen, die ihm zu Hause als Atelier dienten, Laufschienen an der Decke, an denen später die Aufhängung befestigt werden würde. In einem Raum wurde an der Laufschiene ein Hebezug mit Elektromotor montiert, der später simulieren würde, daß Chantal sich aus der sitzenden in die stehende Position erhebt.

Die Beine wurden über dem Knöchel bis zur Hüfte permanent in transparentes Latex eingummiert. Der äußere Eindruck war der eines durchsichtigen Humpelrocks, der Chantals lange und peinlichst enthaarte Beine fest umschloß, sie jedoch gleichzeitig zur Schau stellte. Im Intimbereich war der Rock zart hautfarben durchgefärbt. Wir hatten die üblichen Serviceöffnungen für abgehende Körperflüssigkeiten eingebaut. Für sexuelle Stimulation sorgte ein beleuchteter eingegossener Dildo, der im Halbdunkel ein geheimnisvolles rötliches Glimmen erzeugte, welches sich bei höherer Taktzahl bis zu einem helleren Licht steigerte, welches dann nach unten entlang der Beine spielte. Ein kniffeliges Detail war, daß die Beine nackt gummiert wurden und man keine Strümpfe mehr überziehen konnte. Daher wurden die Beine von dünnen Hohlräumen wie von Strümpfen umschlossen; diese Zwischenräume waren mit farbiger Flüssigkeit füllbar. Der frappierende Eindruck eines äußeren transparenten Latexhumpelrocks mit innen sichtbaren Beinen in Strümpfen entstand. Die Farbe wechselte nach Belieben, mit der kleinen Einschränkung, daß keine Netzstrümpfe möglich waren. Durch Anheben der Beine, konnten die Hohlräume entleert und mit klarer Flüssigkeit durchgespült werden.

Die Schuhe konnte Chantal wechseln wie früher auch. Aus der Not eine Tugend machend, übertraf sie sich nun selbst. Da ihre Füße das eigene Körpergewicht nicht mehr tragen mußten, konnte sie ohne große Anstrengung nicht nur wie früher in 15 bis 17 cm hohen Absätzen gekonnt agieren, sie bewegte sich nun in Ballet Heels auf Spitze wie andere Leute in Pantoffeln. Verborgen blieb dabei, daß in jedem ihrer Schuhpaare in den Flächen, die auf dem Boden aufstanden, dünne Metallplatten eingelegt waren. Zu Andrejs handwerklichen Aufgaben gehörte der Einbau eines dünnen doppelten Bodens. In diesem befanden sich exakt unter dem Weg, den die Laufschienen an der Decke Chantal vorgaben, flache Elektromagnete, die so geschaltet werden konnten, daß sie erst den einen, dann den anderen Schuh anzogen und zwar so sensibel, daß der nicht belastete Fuß sogar etwas vom Boden abhob, aber immer noch durch das Magnetfeld erfaßt wurde. So wurde die Illusion des Gehens perfekt, soweit man die Trippelschrittchen in einem Humpelrock so nennen kann. Jedenfalls sah es bei vielen Nachahmern, die ihre Beine gebrauchen konnten, viel uneleganter aus.

Der Umstand, daß Arbeiten und Zusammenleben unter einem Dach stattfand, hätte gar nicht glücklicher sein können. Der alte Mechanismus griff wieder, die gemeinsame Arbeit befruchtete die Partnerschaft und umgekehrt. Gleich die erste Arbeit nach der längeren Abstinenz von der Öffentlichkeit war ein großer Erfolg. Andrej drehte einen kurzen Videospot. In diesem sah man Chantal durchgestylt in Latex wie eh und je. Für ihr Comeback trug sie eine knallrote Bluse im Gouvernantenstil, hochgeschlossen, schwarze Handschuhe mit feinen roten Streifen an der Außenseite und ihre Taille war eng korsettiert. Sie trug einen ebenso engen wie kurzen Minirock aus schwarzem Latex, der im Widerspruch zu ihrem züchtigen oberen Outfit stand, was aber einen reizvollen Kontrast bildete. Darunter schauten ihre endlosen Beine in schwarzen Strümpfen hervor, die in roten Ballet Heel-Stiefeletten mündeten. Die Beine waren exakt parallel zueinander ausgerichtet und von einem durchsichtigen Humpelrock umgeben. Ihr Gesicht war nicht übertrieben, aber gekonnt geschminkt, und der Ton des Lippenstifts paßte genau zum Rot ihrer Latexkleidung.

Sie saß auf einem großen roten Plüschsessel und plauderte mit dem Publikum, und während sie dies tat, stand sie langsam auf und trippelte scheinbar mühe- und schwerelos in Richtung Kamera, die etwas zurückwich. Sie unterstrich ihre Rede mit Hand- und Armbewegungen, ohne dabei aus dem Gleichgewicht zu kommen. Sie ließ die Zuschauer wissen, daß sie sich eine Zeitlang bewußt zurückgezogen hätte. Einerseits hätte sie hart trainiert, um Muskulatur aufzubauen, damit sie in extremsten Schuhen laufen könnte, wie niemand sonst. Aber sie hätte sich auch die Auszeit genommen, um sich ihren esoterischen Studien zu widmen und sich über ihre Rolle im Leben und in der Partnerschaft klarzuwerden. Ihre Selbstfindung hätte ergeben, daß sie mehr denn je Sklavin sein wollte und dies dadurch zum Ausdruck brächte, daß sie ihrem Herrn nun dadurch unumkehrbar ausgeliefert sei, daß der freiwillig für immer angelegte Humpelrock sie daran hindere, ihrem Herrn wegzulaufen oder jemals wieder mit einem anderen Mann zu schlafen. Am Ende des Spots wurde die Szene abgedunkelt, man sah ein Schimmern unter ihrem Minirock hervortreten und hörte ihr genüßliches Stöhnen, dann wurde ausgeblendet. Dieser Sache wollte nun jeder auf die Spur kommen und die Kundschaft stand Schlange.

Allerdings wurde der Videospot nicht wie sonst allgemein veröffentlicht, sondern gezielt nur einem bestimmten Publikum angetragen. Alle späteren Arbeiten von Chantal und Andrej wurden nur noch über eine Abonnentenliste vertrieben. So wurde zu großes Aufsehen wegen des Latexhumpelrocks vermieden, diese Kunden freuten sich einfach, daß Chantal wieder aktiv war und vermieden alles, was diese Quelle zu gefährdet hätte.

Nach Abschluß des letzten Takes dirigierte Andrej Chantal vorsichtig wieder zurück zum Sessel und ließ sie sich niedersetzen, indem er sie durch die elektrische Winde herabließ. Dann verschwand er kurz und tauchte überraschend mit einem Strauß roter Rosen wieder auf. "Meinen Glückwunsch zu deinem ersten Werk in deinem neuen Leben."

"Ich danke dir unendlich für die Hilfe, die du organisiert hast. Für den Rest meines Lebens werde ich die treueste Sklavin sein, die du dir wünschen kannst. Auf dich angewiesen bin ich ohnehin, aber so kann ich dich glücklich machen. Und jetzt komm..." meinte sie und öffnete seinen Reißverschluß, um seinen Schwanz mit ihren hübsch geschminkten Lippen zu verwöhnen. Dazu kam es nicht mehr, denn ihr Gebieter war so hingerissen, daß er seine Erregung nicht mehr bremsen konnte und sein Sperma gleichmäßig über ihre Handschuhe und ihre Bluse verteilte, von wo sie es mit laszivem Blick genüßlich ableckte.

4 - Die Schatten der Vergangenheit

Die Polizei hat zwar nicht immer den besten Ruf, wird aber oft unterschätzt. Inzwischen hatte sie eine Sonderkommission gebildet. Der Einbruchdiebstahl in der Latexfabrik hatte sie hellhörig gemacht. Selbst wenn es statt eines Einzeltäters ein Stammtisch von Latexfetischisten gewesen wäre, dann hätten die zuerst die nagelneue Kollektion mitgehen lassen, statt einen ganzen Container mit Rohmaterial zu entwenden. Hier mußte es eine Verbindung zu dem Selbstmord im Theater und der aufgefundenen Einrichtung geben. Wie so oft, wenn sich keine heiße Spur fand, kam Kommissar Zufall ins Spiel. Hier dergestalt, daß sich ein Mitglied der Sonderkommission und ein Internetfahnder aus dem Bereich Kinderpornographie zufällig am Kaffeeautomat trafen und über ihre Fahndungsmethoden fachsimpelten.

Die Organisation ihrerseits war auf vielen Ebenen äußerst umtriebig und einfallsreich. Mit der Zeit sammelten sich immer wieder Latexkleidung und Schuhe an, die von den fertigen Gummipuppen nicht mehr getragen werden konnten und die durch die permanente Gummierung überflüssig geworden waren. Diese wurden regelmäßig in den bekannten Internet-Auktionshäusern zum Ersteigern angeboten, zu einem ganz bestimmten Zweck. Erfahrungsgemäß gab es unter den Käufern einige, die sich besonders hervortaten und gegenseitig überboten, bei ihnen konnte man voraussetzen, daß sie süchtig nach Latex waren und es trugen, so oft es ihnen möglich war. Beim Versand der Ware gaben sie ihre Identität und ihre Anschrift preis. Mit diesen Angaben wurden dann alle erdenklichen Foren durchforstet, die sich damit beschäftigten wer wen kennt, wie man alte Schulfreunde wiederfindet, wo man sich mit einem eigenen kleinen Profil selber präsentieren kann etc. Da es genug Dumme gab, die ihre Daten freiwillig zur Schau stellten, war es ein Leichtes, alles über diese Personen zu erfahren. Interessant war, ob sie viele echte oder nur virtuelle soziale Bindungen hatten, welche Figur sie hatten und welche Vorlieben. Man konnte sogar vorsortieren und die nichts-ahnenden zukünftigen Opfer unbemerkt auf einer Warteliste führen. Erst bei Bedarf würde dann die Kontaktaufnahme erfolgen, die sie anlocken würde.

Die Kripo ihrerseits stellte nun ein Raster auf, um irgendwelche Regelmäßigkeiten bei den Verkäufern und Käufern aus dem Latex-Fetischbereich festzustellen, die auf eine Spur führen konnten. Am Rande bemerkt gab es hier einigen Bildungsbedarf bei den Beamten, denen die Funktion des einen oder anderen Spielzeugs nicht ersichtlich war, was aber durch Rückfrage bei der Sitte am Ende immer geklärt werden konnte, wenn auch die eine oder andere Auskunft mit spitzer Zunge für rote Ohren sorgte. Nach einigen Wochen bemerkten die Fahnder, daß es zwei oder drei Verkäufer gab, deren verkaufte Mengen auffällig waren. Die Identität ließ sich nicht ermitteln, weil bei der Anmeldung getrickst worden war, aber soviel stand fest, es waren weder Firmen noch Studiobetreiber. Deren Daten waren alle bekannt und deckten sich bei einem Abgleich nicht. Außerdem war verdächtig, daß die angebotenen Stücke die verschiedensten Körper- und Schuhgrößen hatten, was ein privates sammelwütiges Paar ebenfalls ausschloß. Dieser Fahndungsansatz war klassisch, schon vor dem Computerzeitalter fiel derjenige auf, der beim Schmuckankauf Ringe verschiedener Durchmesser loswerden wollte. Als man dann die eifrigsten Käufer der ins Visier genommenen Anbieter ebenfalls untersuchte, stellte sich unerwartet heraus, daß einer davon scheinbar relativ plötzlich umgezogen war, ohne sich umzumelden und ohne seitdem sein Bankkonto zu nutzen, und daß für einen anderen eine Vermißtenanzeige vorlag. Das war die lang ersehnte heiße Spur.

"Wir müssen einen virtuellen Lockvogel erfinden, der wie wild Latexsachen kauft, über Rückfragen zu den angebotenen Artikeln Kontakt zu den Verkäufern bekommt und sich später mit ihnen trifft, dann können wir zuschlagen."
"Ich denke auch, daß das der einzig gangbare Weg ist, aber eines müssen wir unter allen Umständen sicherstellen: Wenn die Presse Wind davon bekommt, daß wir unsere Asservatenkammer auf Kosten des Steuerzahlers mit exquisiter Latexkleidung füllen, dann können wir unsere Jobs an den Nagel hängen und zukünftig im Puff Handtücher austeilen. Das darf auf keinen Fall publik werden! Außerdem können wir sowieso die Sachen nicht an die Dienstanschrift schicken lassen, einer der Kollegen muß sich opfern und seine Privatanschrift nutzen lassen. Am besten einer, der Single ist, weiß Gott, eine mißgünstige Ehefrau wäre noch schlimmer als die Presse."
"Außerdem wird es am Ende vielleicht doch nötig sein, daß jemand in der realen Welt die Rolle überzeugend spielt. Wir sollten jemand nehmen, der die entsprechenden Eigenschaften hat."
"Überlegen wir mal, wie das Beuteschema aussehen müßte. Weiblich, gute Figur, alleine lebend, und vor allem das Gegenteil von spießig, sonst steht man das nicht durch."
"Wäre das nichts für unsere Desiree? Die lebt alleine, verdreht dem Personal den Kopf, wäre vor nicht allzulanger Zeit wegen ihres neuen Tattoos beinahe in den Innendienst versetzt worden und sie weiß sich in brenzligen Situationen zu helfen."
"Mir fällt ein, daß sie einmal als Motorradeskorte bei der Parade zum Christopher Street Day eingesetzt war. Bei der Aufstellung des Zuges stand sie zufällig gleich neben der Gruppe eines SM-Clubs. Einem der Mitglieder war wohl das lange Warten in der Sonne zu Kopf gestiegen, nicht nur daß er ihren Hintern im engen Leder-Motorradkombi fortwährend mit den Augen anpeilte, er konnte einfach nicht anders und ließ in einem unbeobachteten Moment seine Peitsche auf ihren Knackarsch niedersausen. Jede andere Polizistin hätte überreagiert und sich nie wieder zum CSD einteilen lassen, aber sie ging ganz cool mit der Situation um. Wer mit diesen Multi-Kulti-Typen klarkommt, kann auch die Gummibande entlarven, glaube ich."

Als der Kommissar mit einer noch stärker als sonst ausgeprägten
Sorgenfalte auf der Stirn das Dezernat betrat, stracks auf mich
zusteuerte und murmelte "Kommen Sie mal mit, wir müssen uns
unterhalten", dachte ich zuerst, jetzt geht das schon wieder los und
sah eine zukünftige Übernahme vom Angestellten- ins Beamten-
verhältnis vor meinem geistigen Auge den Bach herunter-
schwimmen. Die Arbeit bei der Polizei machte mir Spaß, weil sie
abwechslungsreich war. Aber manchmal waren die Ansichten doch
ziemlich angestaubt. Einerseits bekam man Lob, weil man sich im
richtigen Moment einem Flüchtigen in den Weg gestellt und ihm
tüchtig eins auf die Nase gegeben hatte, andererseits durfte man
scheinbar dann keine starke Frau sein, wenn man sich ein morbides
Tattoo aussuchte, wie es viele tun, für die Motorradfahren
Lebensart ist.
"Ich weiß nicht, ob ich mir Sorgen um Sie machen muß oder ob Sie
genau die Richtige für diese Aufgabe sind, aber Tatsache ist, daß
die Sonderkommission Gummibande sie angefordert hat. Sie
können ablehnen, weil die Arbeit undercover erfolgt und in ihr
Privatleben reicht, aber wie ich Sie kenne, werde ich Sie nicht
zurückhalten können."
Das klang besser als befürchtet. Und ich würde mir das Gesicht
meines Vorgesetzten eine Zeitlang nicht ansehen müssen, was
einer Entspannung unseres Verhältnisses zuträglich wäre, um es
milde auszudrücken. Er erklärte mir, wie man durch die Fahndung
im Internet den Faden aufgenommen hatte, nun aber nur weiter-
käme, wenn ein Köder an der Angel wäre. Nach rund einer Stunde
war ich im Bilde und hatte zugesagt.

Die nächsten zwei Wochen über strickten wir an meiner neuen
Identität. Zunächst bezog ich ein günstiges, nicht besonders großes
Apartment, die Sorte, wo Geringverdiener und Scheidungsopfer
landen, wo sich aber auch niemand um seinen Nachbarn kümmert.
Meinen Vornamen Desiree behielt ich bei, um mich niemals
verplappern zu können, der Nachname wurde geändert. Ich bekam
einen Rechner installiert, auf den online von der Dienststelle
zugegriffen wurde, sowie ein Handy mit freigeschalteter
Ortungsfunktion. Ich meldete mich in einem halben Dutzend
einschlägiger Foren an sowie bei dem Internetauktionshaus, in dem
unsere Zielpersonen aktiv waren. Zunächst noch ohne Bild, gab ich
mich in meinen Profilen so, als wäre der Datenschutz nie erfunden
worden. Ich ließ die Welt wissen, daß mir Latex schon immer
gefallen hätte, daß ich etwas SM-Erfahrung hätte und daß ich nach
einem Umzug aus beruflichen Gründen neu in der Stadt wäre und
niemand kennen würde. Ich würde dies nutzen wollen, um meine
Neigungen tiefer zu ergründen, ließ ich verlauten.

Um den Eindruck glaubhaft zu machen, daß ich halbtags arbeiten
würde, war ich während dieser Zeit nie online, was praktisch war,
so konnte ich mich um meinen echten eigenen Haushalt kümmern.
Einen gewissen Aufwand erforderte die Abwehr der männlichen
Zuschriften, die meine Profile auslösten. Für das Niveau etlicher
Mails wäre eine Strafanzeige wegen Dummheit und Verunglimpfung
der Sprache fällig gewesen, leider fehlte für beides die gesetzliche

Grundlage. In der dritten Woche begann ich gezielt, die Angebote der von uns ins Visier genommenen Verkäufer zu beobachten. Ich wählte in passender Größe eine Grundausstattung, einen Latex-ganzanzug, eine süße Halbmaske, kurze rote Handschuhe und zwei Paar ebenfalls rote High Heels. Letztere wollte ich immer schon mal haben, die würden jedenfalls in meinem Schuhschrank bleiben, wenn die Aktion abgeschlossen wäre. Die Sachen ersteigerte ich nicht gerade als Schnäppchen, aber auch nicht überteuert.

Nach einigen Tagen kam die Lieferung an. Nun mußte ich Körper-einsatz zeigen und mich in den Latex-Lockvogel verwandeln, auf den unsere Zielpersonen abfahren sollten. Ich erspare mir an dieser Stelle die Erinnerung, daß das erste Anlegen der Sachen in einer Katastrophe endete, da ich nicht daran gedacht hatte, auch Silikonöl mit zu ersteigern. Es rutschte überhaupt nicht, ich kämpfte mit Luftblasen, die nicht weichen wollten und war schon schweiß-gebadet, bevor ich die Sachen richtig angezogen hatte. Wie dem auch sei, das optische Endergebnis war recht nett und ich posierte unter Zuhilfenahme eines Spiegels verführerisch vor der Kamera und schoß einige Bilder mit dem Selbstauslöser. Diese stellte ich in meine Profile, was mich einerseits bei einer Beobachtung durch die Gummibande glaubhaft erscheinen ließ, andererseits die Anzahl der Zuschriften noch rapide steigerte. Ich war es bald dermaßen leid, daß ich meine Profile dahingehend änderte, daß ich vorgab, in-zwischen auch meine dominante Ader entdeckt zu haben. Das Resultat war, daß die Zuschriften zwar etwas zurückgingen, sich aber inhaltlich immer größere Abgründe auftaten.

Im Verlauf der nächsten Wochen kaufte ich weitere Gummisachen bei der vermutlichen Organisation und versuchte, Kontakt aufzunehmen. Ich schrieb sie an und meinte naiv, es wäre doch blöd, alles so umständlich einzeln zu ersteigern. Offensichtlich wäre doch einiges Material vorhanden, ob man sich das nicht mal im Paket ansehen und eventuell so zu einem günstigen Pauschalpreis kaufen könnte. Außerdem würde das die Versandkosten ersparen. Zunächst kam keine Reaktion. Ich ließ mir nichts anmerken und kaufte dort munter weiter. Inzwischen hatte ich in dem Apartment mehr Latex als normale Kleidung im Schrank. Wenn ich den Zu-schriften glauben konnte, die mich erreichten, dann befand ich mich damit in guter Gesellschaft. Inzwischen hatte ich mich an das Material gewöhnt, mein Kreislauf schnappte nicht mehr gleich nach Luft. Ich war sogar schon ungewollt in den Sachen eingeschlafen und einmal hatte ich mich in meiner eigenen Wohnung dabei ertappt, daß mir die Sachen irgendwie fehlten.

"Schön, daß wir inzwischen Luxussorgen haben, statt auf der Flucht zu sein."
"Wie meinst du das?"
"Wir haben einen Interessenten, aber derzeit kein menschliches Rohmaterial verfügbar. Der Interessent hat scheinbar einen viel-seitigen Geschmack, aber ein ganzer Harem voller Gummi-püppchen dürfte ihn wohl bezüglich des Geld- und Zeitaufwands bei

aller Liebe überfordern."
"Was sollen wir denn mit einem, der nicht weiß, was er will?"
"Darin besteht ja die Kunst. Wir sollten ihm eine universelle Puppe liefern, die ihm Abwechslung bietet. Soweit ich bisher weiß, ist er wohl unter anderem ein fanatischer Sammler von Latexkleidung aller Art, ich könnte mir vorstellen, daß er die gerne vom lebenden Püppchen vorgeführt bekäme. Demnach wäre es verkehrt, wenn wir uns bei unserer neuesten Kreation zu sehr festlegen würden."
"Also eine Art Latexmodel für den privaten Laufsteg?"
"So viel Aktivität würde er seiner Gummipuppe nie erlauben, da bin ich mir ziemlich sicher. Außerdem hat er ab und zu Gäste im Haus, die seine Leidenschaft für Latex zwar kennen, von denen er aber auch schreibt, daß der eine oder andere wohl in Justizkreisen zu tun hat. Er will vermutlich sein Latexwesen nicht jedes Mal im Keller verstecken, andererseits auch nicht zu sehr provozieren."
"Also eher eine Schaufensterpuppe statt eines Models?"
"Ja, in dieser Richtung. Aber wir brauchen unbedingt jemand mit einer tadellosen Figur und durchschnittlicher Größe, damit sie später alle Sachen tragen kann."
"Dann laß uns mal den Rechner anwerfen und nach den üblichen Verdächtigen suchen."

Wir forschten einige Tage, zunächst mit den altbekannten Resultaten. Bei einigen potentiellen Opfern wurde die Figur nur mit Gewalt durch die Korsettierung zusammengehalten. Nicht wenige Frauen entpuppten sich als Transvestiten. In manchen Profilen war sichtbar, daß die Latexliebhaberin in diversen Zirkeln und Freundeskreisen hyperaktiv war, so daß ihr Verschwinden sofort auffallen würde. Immer wieder tauchten alte Bekannte auf, die sich einmal mehr ab- und unter neuem Namen wieder angemeldet hatten, um sich unerkannt zu tummeln. Parallel zum Durchsuchen von Forenprofilen hatten wir immer ein Auge auf unsere Versteigerungen von Latexkleidung, die nebenher lief, und merkten uns in Frage kommende Personen vor. Unerwartet schrieb uns eine davon an, die noch nicht allzulange in Erscheinung getreten war, aber von ihrer Leidenschaft und Kauflust her in die Kategorie "latexsüchtig" gehörte. Mehr über sie zu erfahren war recht einfach, da sie überall unter dem gleichen Phantasienamen angemeldet war. So konnten wir ihrem Profil entnehmen, daß sie alleinstehend war und noch nicht lange in einer Großstadt wohnte. Enge Kontakte zu Gleichgesinnten oder Vereinen schien es auch nicht zu geben, da sie anscheinend ihre Leidenschaft erst seit kurzer Zeit in vollen Zügen auslebte, was auch ihren Bedarf an Kleidung plausibel machte. Wenn man ihrer Selbstdarstellung und den Fotos glauben wollte, wäre ihr Körper auf jeden Fall geeignet. Sie wollte sich mit uns treffen, um eventuell einen größeren Posten Latexkleidung günstig zu erstehen, besser konnte es gar nicht kommen. Wir machten uns die Mentalität vieler Menschen zunutze, alle Vorsicht außer acht zu lassen, wenn man vermeintlich Reibach machen kann, und schrieben ihr, sie solle auf keinen Fall jemand von ihrem Besuch und ihrer Verbindung berichten, denn dann würden wir Ärger mit dem Internetauktionshaus bekommen, welches wir mit dieser Aktion umgingen, und damit wäre niemand geholfen.

Es schien, als hätte meine Zielperson angebissen. Ein Treffen rückte in greifbare Nähe, obwohl ich mir gar nicht so sicher war, daß es sich hier um eine Art kriminelle Organisation handeln sollte. Vielleicht verkauften die Latexsachen, die irgendwo vom Lastwagen gefallen waren, das wäre auch ein Fahndungserfolg, aber den Aufwand nicht wert gewesen. Es machte den Eindruck, daß die sich mehr um ihren Vertriebskanal sorgten als um alles andere. Inzwischen war aus meiner Übung, Latex zu tragen, eine Gewohnheit geworden und aus der Gewohnheit eine liebgewonnene Vorliebe. Ich mochte nicht daran denken, daß die Sachen mir nicht gehörten und daß ich am Ende der Aktion wieder ohne dastehen würde. Wenn die aktuelle Spur keine heiße war, dann würde mir die Freude noch etwas länger erhalten bleiben...

Etwas konspirativ ging die Sache schon zu oder vielleicht war es eine besondere Art des Humors? Der Verkäufer hatte sich doch tatsächlich im Indoor-Erlebnisschwimmbad mit mir verabredet. Na, das konnte wirklich nur ein Geschäftemacher und kein Latex- fetischist sein. Ich sah es positiv, eine Kontaktaufnahme zwischen planschenden Mitbürgern war bestimmt ungefährlicher als in einem finsteren Hinterhof. Ich schmunzelte bei der Vorstellung, daß mein Gegenüber so ein Goldkettchenträger sein könnte. Ich informierte meine Dienststelle, was an sich überflüssig gewesen wäre, da dort ohnehin sämtlicher Mailverkehr online mitverfolgt wurde. Dummer- weise konnte ich an die Strandbar des Bades weder meine sonst am Körper versteckte Minikamera noch mein anpeilbares Handy mitnehmen. Aber ein Beamter würde sich im Schwimmbad aufhalten und zwei weitere würden sich draußen mit einem Wagen postieren, um mich bei der Weiterfahrt zum eigentlichen Treffpunkt zu beschatten.

Ein Schwimmbad hatte ich ewig nicht mehr besucht. Das war einer der wenigen Nachteile, wenn man eine auffällige Latexschönheit zur Partnerin hatte. Dieters Plan klang zunächst etwas skurril, aber die Argumente hatten mich rasch überzeugt. Die junge Dame würde weder eine Waffe noch ein Handy mit sich führen können, und ihre Spur würde sich im Schwimmbad verlieren. Ich schwamm zur verabredeten Zeit einige Runden in der Nähe der Bar und begut- achtete sie unauffällig. In der Figur hatten wir uns nicht getäuscht, sie war mehr als für unsere Zwecke geeignet. Der hübsche Gesamt- eindruck wurde allerdings dadurch beeinträchtigt, daß sich auf ihrem Rücken mehrere großflächige Tatoos befanden, die nicht besonders gut gemacht waren und ihr somit einen leicht asozialen Anstrich verliehen. Während sie auf ihre Verabredung wartete und hin und wieder auf die Uhr über der Bar sah, stieg ich unauffällig aus dem Wasser, nahm ein Handtuch und bewegte mich in Richtung der Umkleiden, wobei ich auf dem Weg dorthin durch die seitliche Glasfront Dieter draußen das Zeichen gab, daß es sich lohnte, die Aktion zu starten. Ich duschte, zog mich an und verließ das Schwimmbad, während die junge Frau drinnen noch vergeblich wartete und langsam begann, ein enttäuschtes Gesicht zu ziehen.

Wenn ich etwas nicht mochte, dann versetzt zu werden, weder bei privaten Verabredungen noch im Dienst. Ich gab es schließlich auf, ging ins Becken, schwamm bei meinem Kollegen vorbei und ließ ihn wissen "der kommt nicht mehr", worauf dieser noch kurz abwartete und sich dann auf einen frühen Dienstschluß freute. Frisch geduscht und wieder adrett frisiert verließ ich das Gebäude, etwas müde von der subtropischen Luft. Ich ging zu den Kollegen, die im Auto Ausschau hielten.
"Große Pleite, was? War wohl doch ein Fake und irgendwo sitzt jetzt einer am Latexstammtisch und bekommt eine Runde spendiert, weil er seine Wette gewonnen und eine Latexfetischistin ins Schwimmbad gelockt hat."
"Ich war wenigstens ein wenig schwimmen, während ihr im Auto sitzen mußtet."
"Wir brechen die Sache ab, es führt zu nichts. Schönen Feierabend."
Die beiden fuhren ab. Ich ging zu meinem Auto, öffnete den Kofferraum und legte meine Tasche mit den Badesachen und meinem Portemonnaie und Handy hinein. Ich nahm die Handtasche heraus, um sie mit nach vorne zu nehmen. Als ich gerade umpackte und den Kofferraum schließen wollte, hielt ein Van mit zwei Männern neben mir.
"Wir haben uns verspätet, entschuldigen Sie, wir standen im Stau und hatten nicht bedacht, daß wir Sie telefonisch nicht erreichen würden, wenn Sie im Wasser sind. Springen Sie rein."
Spontan entschlossen stieg ich ein, endlich tat sich doch noch etwas. Da fiel mir ein, daß ich mein Handy in der Tasche im Auto gelassen hatte, aber ich biß mir auf die Lippe, jetzt zurückfahren zu lassen wäre viel zu verdächtig gewesen. Ich würde das Ding schon deichseln. Die Fahrt führte von der Peripherie noch weiter aus der Stadt heraus. Ich begann mit den beiden eine Unterhaltung und versuchte, ihr Vertrauen zu gewinnen und ihren Hintergrund herauszufinden.
"Ich bin wahnsinnig gespannt zu sehen, was ihr mir anzubieten habt. Es geht mich ja nichts an, aber ihr scheint immer genug Nachschub zu haben."
"Wir haben einige gute Verbindungen und kommen so an Restposten heran, deswegen ist die Ware manchmal auch so zusammengewürfelt."
"Ich trage Latex so oft es mir in meiner Freizeit möglich ist. Wenn ich so lese, was manche Leute schreiben, dann bin ich aber noch harmlos, einige scheinen tagelang nicht wieder aus ihrer zweiten Haut heraus zu wollen. Ihr hört doch in eurer Branche sicher vieles, gibt es wirklich Menschen, die es länger als zwei Tage am Stück in Gummi stecken?"
"Sicher, vor allem Sklaven, die es sich nicht aussuchen können. Ich denke, es kommt sehr auf den Anzug an, der muß genau angepaßt werden."

"Muß man den dann extra anfertigen, wie eine zweite Haut?"
Die beiden wechselten einen kurzen Blick. Ich schien auf der
richtigen Spur zu sein.
"So in etwa. Es gibt Leute, die so etwas können."
"Ich habe auch schon einmal davon geträumt, ein Paar meiner High
Heels mit Flüssiglatex überziehen zu lassen, damit es stimmig zum
restlichen Outfit aussieht." lockte ich die beiden keß weiter.
"Das müßte prinzipiell auch gehen."

Inzwischen waren wir einige Zeit gefahren. Unser Ziel entpuppte
sich als Ferienbungalow-Anlage. Hier hatten die Verkäufer also
einen Bungalow angemietet, bestimmt auch noch günstig, denn es
war gerade keine Saison, die Nachbarbungalows in Sichtweite
schienen leerzustehen, niemand nahm uns wahr. Drinnen hatten
die beiden eine schöne Auswahl an Gummi aller möglichen Farben
und Formen drapiert, ich war begeistert. Ich wies die beiden darauf
hin, daß ich in der Eile mein Geld in der anderen Tasche im Auto
vergessen hätte, so daß wir uns noch einmal treffen müßten, um
die Sachen zu bezahlen und zu übergeben. So hoffte ich, sie später
festzunageln. Außerdem hatte ich mir beim Aussteigen das
Kennzeichen des Vans gemerkt, so daß man vielleicht auch schon
vorher aktiv werden konnte. Die beiden nahmen es locker und
meinten, ich sollte ruhig mal Modenschau machen, was gefiele
würden sie an die Seite legen und später in einen oder mehrere
Kartons verpackt übergeben. Das tat ich auch und probierte einige
Sachen an, wobei ich allerdings verlockende, aber mir
möglicherweise gefährlich werden könnende Artikel wie einen
Latex-Monohandschuh vermied. Alles lief bestens und bald hatte
ich so viel ausgesucht wie eine geschiedene Ehefrau, deren Ex-
Mann zu dumm war, die Partner-Kreditkarte sperren zu lassen.

Als wir zum Ende kamen, sprach mich einer der beiden an:
"War das ernst gemeint mit einem Anzug auf Maß und mit dem
Eingummieren von Kleidungsstücken?"
"Ja, das interessiert mich über alles."
"Wir kennen da jemand und könnten ihnen das vermitteln. Wie
schon gesagt, es kommt auf die exakte Paßform an. Zufällig haben
wir hier eine Vorrichtung dabei, mit der wir ihre Körpermaße
abnehmen können. Dazu dürften Sie aber fast nicht bekleidet
sein..."
"Das macht nichts, ich gehe schnell ins Bad und ziehe nur BH und
Höschen an."
Das war die Gelegenheit, bei einem Auftrag für eine Anfertigung
würden die beiden bestimmt wieder auftauchen. Ich zog mich
schnell um.
"Hier auf dem Bett haben wir eine Art überdimensionierten
Schlafsack aus einem ganz speziellen Latex. Wie Sie sehen, ist er
recht breit. Die obere Schicht liegt locker wie eine Bettdecke.
Darunter liegt eine zweite Latexschicht, sie dient nur dazu, das Bett
zu schützen. Bitte legen Sie sich zwischen die beiden Schichten,
ganz entspannt, die Arme neben den Körper und die Beine leicht
gespreizt. Wir werden dann die Latexdecke mit einem Spray

behandeln, dadurch wird sie steif und wir erhalten eine Form Ihres Körpers, die als Vorlage für die Anfertigung dient."
"Das Verfahren kenne ich nicht, aber es klingt simpel und bequem." Ich schlüpfte bis zum Hals unter die Latexdecke und legte mich entspannt hin.
"Wir sollten das Spray nicht unbedingt einatmen. Ich werde mir ein Taschentuch vor die Nase halten, mein Freund hält ihnen provisorisch dieses Handtuch als Schutz in Kinnhöhe vor den Kopf." Gesagt, getan. Die Latexdecke wurde zunächst von Hand vorsichtig zurechtgezupft und meinen Körperkonturen angepaßt. Dann wurde das Handtuch hochgehalten und ich vernahm am Fußende das Zischen einer Spraydose. Plötzlich war ein alles übertönendes Brummen zu hören, als ob jemand einen Staubsauger eingeschaltet hätte. Ich hatte kaum Zeit mich darüber zu wundern, als es unter der Latexdecke mit einem Mal eng wurde - enger - sehr eng - extrem eng. Ich versuchte, mich zu bewegen, aber es ging keinen Millimeter. Da wurde das Handtuch weggenommen, ich öffnete den Mund um etwas zu sagen und ehe ich mich versah, steckte ein Butterfly-Knebel darin, der mit leisem Zischen rasch zu einer Größe aufgepumpt wurde, die jeden Laut erstickte.
"Herzlich willkommen im Vakuumbett. Sie scheinen es darauf an-gelegt zu haben, unsere Organisation zu finden, Ihre Fragen waren zu auffällig. Es ist Ihnen gelungen. Aber das ist nicht der eigentliche Grund, unsere Begegnung ist kein Zufall. Für den Moment genügt es für Sie zu wissen, daß Ihre Latexleidenschaft eine Mitschuld daran hat, den Rest erleben Sie früh genug. So, jetzt machen wir Sie transportfähig."
Instinktiv ahnte ich, daß ich mein altes Leben hinter mir lassen würde. Ich hatte die Hosen voll und tröstete mich selbst damit, daß ich nun wenigstens nicht mehr das Gesicht meines Vorgesetzten ertragen müßte.

"So einfach wird das nicht. Desiree soll zwar steif wie eine Schau-fensterpuppe werden, aber wenn wir die ganz dicke Gummierung oder wie seinerzeit die anatomisch geformten Plastikteile ver-wenden, dann trägt das zu sehr auf. Sie wird auch knappe Sachen angezogen bekommen, das wird nichts."
"Ihr solltet auch daran denken, daß sie sexuell etwas empfinden sollte, und zwar gleichzeitig Lust und Schmerz, die miese kleine Schnüfflerin."
"Ihr Herr wird sich hin und wieder mit ihr vergnügen wollen, wenn sie ganz leblos ist, dann wird das schnell langweilig."
"Sie bekommt unseren Vaginaleinsatz mit Stacheln. Wir werden ihrem Besitzer die Funktion der eingebauten Kanäle erläutern, mit denen er nicht nur Salbe zu Heilung, sondern auch scharfe reizende Mittel zuführen kann. Das wird das Püppchen schon munter machen."
"Wegen des anderen Problems habe ich auch schon eine Idee. Der Käufer hat doch eine medizinische Ausbildung und Zugang zu Medikamenten, nicht wahr?"
"Stimmt genau."
"In einem Bericht über Menschen, die Nahtoderfahrungen suchen,

57

wurden unter anderem Drogen erwähnt, die in Asien seit Jahrhunderten bekannt sind und aus natürlichen Zutaten hergestellt werden. Eine davon bewirkt, daß man für mehrere Stunden bis zu einem ganzen Tag äußerlich wie tot wirkt. Der Körper wird steif wie ein Brett, und die Atmung ist so flach, daß man sie kaum noch wahrnimmt, der Brustkorb bewegt sich nicht mehr sichtbar. Das wäre doch ideal."

"Das ist die Lösung. Ich nehme gleich Kontakt mit dem Käufer auf, denn er muß in diesem Fall mitwirken."

Unter diesen Voraussetzungen war es nicht allzu schwer. Wir verwendeten eine fleischfarbene Latex-Grundhaut geringer Dicke, die sich der natürlichen Anatomie perfekt anpaßte. Kombiniert mit Desirees Figur kam eine attraktive Gummipuppe dabei heraus. Wie geplant bekam sie unseren speziellen Vaginaleinsatz, der ihr ab jetzt nur noch die Wahl ließ, Lust und Schmerz gleichzeitig zu empfinden, wenn sie benutzt wurde. Aufwendig war die Kopfmaske. Desirees Ohren wurden mit Latexpfropfen dauerhaft verschlossen. Die Nasenlöcher blieben offen, nach gründlicher Entfernung der Innenbehaarung wurden zwei kurze Röhrchen angepaßt und eingeklebt. So konnte sich später der Betrachter ruhig bücken und sie aus der Froschperspektive anschauen, ohne etwas vom Innenleben der Puppe zu ahnen. Zur Stummhaltung setzten wir unser bewährtes Schlundrohr ein, welches ebenfalls sorgfältig verklebt wurde. In den künstlichen Lippen waren gebogene, kleine, aber hochwirksame Magnete integriert. Wenn man diese mit einem kleinen handlichen Gerät, welches wir aus einem Elektroschocker umgebaut hatten, einem starken elektrischen Feld aussetzte, dann änderte sich ihre Polung. Damit ließ sich steuern, ob der Mund geschlossen bleiben sollte oder ob er beispielsweise für die Zufuhr der energiereichen Flüssignahrung geöffnet werden durfte. Die Droge würde sie mit der Nahrung aufnehmen. Zwar würde sie bald dahinterkommen, aber da sie bestimmt nicht verhungern wollte, spielte das keine Rolle. Für den Fall eines Hungerstreiks blieb immer noch die Zwangsernährung. Die Augenöffnungen blieben für immer verschlossen, es gab schlicht keine Notwendigkeit, daß dieses Gummiwesen sehen müßte.

Ich hatte jedes Zeitgefühl verloren. Anfangs nahm ich Eindrücke wie in einem Krankenhaus wahr, es folgten längere Phasen der Bewußtlosigkeit, später konnte ich nichts mehr sehen und hören. Mit der Zeit bemerkte ich, daß ich immer Latex trug, was mir nicht unangenehm war, und daß ich festgeschnallt war. Ich wurde mit vorbereiteter Nahrung aufgepäppelt. Irgendetwas war in meinem Hals, ich konnte keinen Ton von mir geben. Zwischen meinen Beinen schien etwas zu stecken, was einerseits wie ein eigenes Körperteil zu passen schien, andererseits dort definitiv nicht hingehörte. Ich versuchte zu Kräften zu kommen und beschloß auf eine Gelegenheit zu warten, bei der ich mir dir Maske abnehmen, den Anzug ausziehen und fliehen könnte.

Der Käufer war sehr zufrieden.
"Endlich kann ich meinen Gästen und auch mir selbst die Vielfalt meiner Latexsammlung präsentieren."
Das tat er dann auch. Die unter Drogen gesetzte stocksteife Desiree, die davon nichts mitbekam, verwandelte sich in alles Mögliche. Sie erschien als Gummiklinikschwester, Gummibaby und als Latexnonne. Sehr aufwendig war ein ausladendes Kleid aus der Zeit des Rokoko, welches von einer aufgetürmten Perücke gekrönt wurde, die ebenfalls aus kunstvoll verarbeitetem Latex bestand. Einfacher bezüglich der Frisur mit zwei Zöpfen war die Verkörperung einer japanischen Manga-Figur. Alltägliche Outfits, die mit Gummi zu tun hatten, kamen auch zu ihrem Recht, wie Tauch- und Surfkleidung. Die Feuerwehrfrau hatte allerdings ihre schwere Schutzkleidung geöffnet und gab den Blick auf eine schwarz-rote Corsage, einen roten Latexminirock und passende Gummistrümpfe frei. Überwiegend wurde Desiree eher Fetischkleidung angezogen, dank ihrer Figur desto knapper, desto besser. Ab und zu wurde sie auch als lebendes Möbelstück mißbraucht und als Garderobe oder Tischunterbau eingesetzt. Um keine Möglichkeiten zu verbauen, hatte man ihre Füße und Beine nicht operativ behandelt, so konnte sie problemlos alle beliebigen Schuhe und Gummistrümpfe anziehen. Allerdings steckten ihre Füße in den Wachphasen in einem Fußtrainer, der sie in gestreckter Stellung fixierte. So verkürzten sich die Sehnen mit der Zeit von selbst, sie konnte nicht mehr flach auftreten.

Inzwischen hatte man mich ein weiteres Mal transportiert, es war eine längere Reise gewesen, soweit ich es erahnen konnte.
Der Ablauf hier war immer gleich. Ich wurde gefühlsmäßig in einer Art gynäkologischem Stuhl gefangengehalten. Ich befand mich in leicht liegender Position, mein gesamter Körper war angegurtet, ich konnte mich nur minimal rühren, meinen Kopf konnte ich nicht drehen, weil zwei seitliche Begrenzungen dies verhinderten. Ich steckte immer noch in einem Latexanzug und hatte diese verdammte Maske auf, die mich von meiner Umwelt komplett abschirmte. Ich wurde gefüttert und hatte bald heraus, daß manchmal etwas der Nahrung beigemischt zu sein schien, was mich umgehend in einen traumlosen Tiefschlaf unbekannter Dauer versetzte. Meine Füße waren in einer überstreckten Position fixiert, was mir anfangs heftige Schmerzen bescherte, aber nach einiger Zeit hatte ich mich daran gewöhnt. Irgendetwas geschah während meiner Betäubungsphasen. Mal tat mir die Hüfte weh, als wäre ich längere Zeit korsettiert gewesen, mal die Füße, als wenn ich längere Zeit auf extremen High Heels gestanden hätte. Schlimmer war es aber, wenn ich bei Bewußtsein war und mein Besitzer, den ich nie gesehen hatte, an mich herantrat und begann, mich zwischen meinen Schenkeln zu streicheln. Dann wußte ich, daß er seinem diabolischen Vergnügen nachging, sein wehrloses Gummipüppchen zu benutzen. Ich lechzte nach sexueller Befriedigung, aber die Sache hatte einen Haken. Jedesmal, wenn er mit seinem Schwert in mich eindrang, spürte ich tausend Stiche, als wenn ein Wespenscharm auf mich losgegangen wäre. Ich zappelte

und versuchte sinnloserweise zu schreien, halb vor Schmerz, halb vor Lust, das brachte meinen Herrn nur noch mehr in Fahrt und ich mußte mich in mein Schicksal fügen, bis er seinen Orgasmus hatte. Meiner interessierte ihn nicht, wahrscheinlich konnte er ihn durch meinen unteren Einsatz und ohne mein Gesicht zu sehen gar nicht wahrnehmen, daher konzentrierte ich mich darauf, möglichst gleichzeitig mit ihm zu kommen. Sonst wäre ich wohl verrückt geworden.

Zu Halloween wurde Desiree prächtig im schwarzglänzenden Latexcape stilecht im geöffneten Standsarg ausgestellt. Es mag an der morbiden Stimmung des Tages gelegen haben, ihr Besitzer beschloß, ihr einen makaberen Streich zu spielen, um sie wissen zu lassen, wie es um sie bestellt war. Er betäubte sie mit einer geringeren Dosis als üblich und zog ihr Latexkleidung an, die er danach ausgewählt hatte, daß man sie auch mit Latexhandschuhen einigermaßen leicht ausziehen konnte. Er suchte Strümpfe mit Rüschenrand und passende nur unterarmlange Handschuhe heraus. Dazu ein Minirock, darunter ein Dildohöschen, dessen Penis er sorgsam in die Gummimuschi seines Püppchens einführte. Eine vorne geknöpfte Latexbluse und ein Paar leicht abzustreifende High Heels vervollkommneten den Gesamteindruck. Dann setzte er seiner Puppe eine Latexmaske mit Augen-, Mund- und Nasen-öffnung auf, die hinten geschnürt wurde, er band hinterlistig nur eine Schleife und ließ die Enden gut erreichbar herunterhängen. So präpariert, legte er seine Puppe in einem leeren Raum ohne jede Fesselung auf eine Matratze und postierte sich etwas abseits mit einer Videokamera.

Wenn ihm danach ist, dann nimmt er heute noch manchmal abends ein Glas Whisky, eine gute Zigarre und sieht sich den Film an, den er damals gedreht hat. Desiree erwacht langsam, erkennt, daß sie nicht fixiert ist und wittert ihre Chance. Sie macht Striptease umgekehrt. Sie streift die Schuhe ab, fummelt herum, bis sie den Rock und das Höschen mit dem verhaßten Dildo loswird. Dann knöpft sie die Bluse auf. Sie glaubt wohl, daß sie in einem dunklen Raum gefangen ist. Sie tastet weiter und erkennt am Rüschenrand, daß sie die Strümpfe ausziehen kann, was sie auch tut. Folgerichtig ertastet sie jetzt auch die Handschuhe und zieht sie aus. Aber das Latexgefühl will nicht weichen, es fühlt sich alles faltenfrei wie ihre eigene Haut an, aber sie ist es nicht. Etwas stimmt nicht, wenn sie nur sehen könnte. Sie tastet am Kopf und bemerkt, daß sie eine Maske trägt. Sie findet die Schnürung, löst sie und es gelingt ihr, die Maske abzusetzen. Dann sitzt sie einen langen Moment still da, als ihr klar wird, daß sie sich zwar gerade ausgezogen hat, aber nie mehr nackter sein wird als in diesem Moment. Ihre früher erträumte zweite Haut läßt sie nicht mehr los. Sie versucht, einen Ansatzpunkt zu finden, sich die Latexhaut oder die Maske vom Körper zu reißen, aber schon lange ist alles Eins geworden und läßt sich nicht mehr trennen.

5 - Gewerbliches

Die Geschäfte liefen schlecht im SM-Studio. Die Kunden hatten entweder weniger Geld in der Tasche, weil sie Probleme im Beruf hatten, oder weniger Zeit, um es zu verprassen, weil ihre Arbeit sie auffraß. Manche waren in der Welt des Cybersex hängengeblieben und konnten den realen Freuden nichts mehr abgewinnen. Am besten liefen noch die Latexspiele, zum Glück bekamen die Kunden nicht mit, daß sich inzwischen mangels Masse drei Mädels bestimmte Kleidungsstücke aus der Gummigarderobe teilten, wobei Chefin Marita streng über die Hygiene wachte. Ewig würde das nicht mehr gutgehen. So dachten viele im Haus, aber noch wurde das Thema nicht offen ausgesprochen. Man amüsierte sich lieber über die alltäglichen Begebenheiten. Etwa den betrunkenen Holländer, den man erst einmal unter die Dusche gestellt hatte und der danach immer noch so guter Laune war, daß er Falle schieben für den besten Sex seines Lebens hielt. Oder den verwitweten Lehrer, dessen Pension nur für den Besuch einmal im Monat reichte, und der nicht zufällig immer um die Mittagszeit kam, nachdem Marita einmal seinen Bauch rumoren hörte und ihn bat, zum Essen zu bleiben. Dann gab es da noch den Überraschungs-erfolg einer Kollegin, die eigentlich nur als Domina arbeitete, aber nicht darum herum kam, als vorgebliche Sklavin einzuspringen, weil die richtige Sklavin gerade beim Gesundheitsamt Nachschub an Kondomen holen war, die dort kostenlos an anschaffende Damen ausgegeben wurden. Als sie ganz langsam und zaghaft mit gesenktem Kopf den Raum betrat und hauchte "Herrin, mir ist die Flasche mit dem Morphium herunter-gefallen, ich bin völlig willenlos", da war es um den Freier geschehen.

Marita konnte furchtbar durchgreifen, aber sie hatte auch eine Art Mutterinstinkt für ihre Mädels. Sie kannte sich aus im Revier. Als eines Tages eine vom Straßenstrich, die an der Nadel hing, sich eine Prügelei mit ihrem Zuhälter lieferte, in deren Verlauf dieser unglücklich mit dem Kopf auf dem Bordstein aufschlug und nie wieder aufstand, hatte sie nicht gezögert, die Unglückliche bei sich unterzubringen. Nina hieß sie, und die ersten Wochen lang war sie so mit ihrem Entzug beschäftigt, daß sie nicht viel mitbekam. Danach zeigte sie sich sehr dankbar für die Chance, und stellte ihre Talente unter Beweis. Sie konnte als Sklavin einiges wegstecken und war überaus geschickt darin, Männer dermaßen zu verwöhnen, daß sie sich wie der Pascha persönlich fühlten. Das hätte für Marita durchaus ein Gewinn sein können, aber sie zahlte drauf. Nina konnte nur eingesetzt werden, wenn Latex verlangt wurde. Ihre Arme und Beine waren mit Einstichnarben übersät, und etliche großflächige Tattoos billigster Machart verunstalteten ihren Körper zusätzlich. Wer wollte eine Ex-Junkie haben? Böse war ihr deswegen niemand. Sie half, wo sie nur konnte und war sich für keine Arbeit zu schade. Sie schlief nach Feierabend in einem der Betten, in denen zu Geschäftszeiten Geld verdient wurde. Reich würde sie hier nicht werden, und sie konnte sich draußen nicht blicken lassen, weil sie mit Haftbefehl gesucht wurde. Dieser zeigte nicht nur ihr Bild, sondern beschrieb auch ihre Tattoos ausführlich. Daher mußte sie sich im Studio verstecken und trat Kunden nur komplett in Gummi samt Maske gegenüber.

"Marita, muß ich mir Sorgen um dich machen? Dein Umsatz geht zurück und deine Kosten gehen rauf. Deine Fürsorge in allen Ehren, aber was glaubst du, wie lange du das durchhalten kannst?" Henrik, von Beruf Rechtsanwalt, kaufmännisch erfahren und privat mit Marita seit Jahren gut befreundet, hielt eine wohlwollende Standpauke für angebracht. Mehr als einmal hatte er der Studiochefin für kleines Geld aus größeren Nöten geholfen.
"Ich streite es nicht ab. Die Zeiten sind halt so. Vielleicht ist unser Beruf inzwischen aus der Mode, bei den jungen Leuten ist heute jeder zweite Satz 'hast du das im Internet gesehen'. Das Einzige was noch einigermaßen läuft, ist unsere Gummiabteilung, egal ob SM oder Klinik, das ist die treueste Kundschaft."
"Wie macht sich denn Nina?"
"Die könnte von ihren Fähigkeiten her Geld scheffeln ohne Ende, aber sie hat das Aussehen ihres Körpers für immer ruiniert. Und immer diese Angst, erkannt zu werden. Während die Kunden auf die Show abfahren, tut sie mir manchmal leid wie das Phantom der Oper. Sie hat doch noch den größten Teil ihres Lebens vor sich. Sie kann praktisch nur noch als maskierte Gummisklavin leben, denn Mord verjährt nicht."
Diese Bemerkung verhalf Henrik zu einer Eingebung, die er aber selbst für zu vage hielt, um darüber zu sprechen. Vor einigen Monaten hatte er einen Theatermacher namens Maik vor Gericht vertreten. Er war vorübergehend festgenommen worden, weil man ihn verdächtigte, etwas mit dem Selbstmord seiner Frau und Hauptdarstellerin Petra zu gehabt zu haben. Diese war als komplett eingummiertes Wesen vom Dach des Theaters in den Tod gestürzt. Inzwischen hatte man ihn aus Mangel an Beweisen wieder auf freien Fuß gesetzt und auch die Boulevardpresse hatte sich längst anderen Themen zugewandt. Als sie damals die Verteidigungsstrategie aufbauten, hatte ihm dieser Maik einiges über diese Art Organisation erzählt, und welche Möglichkeiten sie hatten. Es war allerdings mehr als fraglich, ob nach diesem Vorfall, der später auch zur Entdeckung des Unterschlupfs führte, noch jemand von denen aktiv war und wie an sie heranzukommen wäre.

"Ihr glaubt nicht, wer frei herumläuft und mit mir Kontakt aufgenommen hat. Maik, unser Theatermann! Und es kommt noch besser. Über seinen Rechtsanwalt scheint sich ein neues Projekt für uns anzubahnen - ausgerechnet im Rotlichtmilieu."
"Da steckt bestimmt viel Geld drin, aber was nützt es uns, wenn dafür das Leben schneller als gedacht ein Ende findet?"
"Es ist genau umgekehrt. Der Laden ist familiär, und Geld fehlt an allen Ecken. Außerdem handelt es sich auch um einen sozialen Aspekt."
"Dann verstehe ich gar nichts mehr. Wenn die nicht bezahlen können - du entwickelst dich doch nicht etwa zum Philanthrop der

Gummikommune und willst etwas ohne Bezahlung machen?"
"Ganz daneben. Im Gegenteil, wir werden uns eine beständige
Einnahmequelle sichern."
Dieter erläuterte die Problematik der jungen Frau und die wirt-
schaftlichen Schwierigkeiten des Studios.
"Wir sollten mit der Chefin und ihrem Schützling ein Gespräch
führen."

Mein Leben war von Anfang an ein einziges Chaos gewesen. Meinen
Vater hatte ich nie gesehen und meine Mutter hatte ich manches
Mal schon als Kind betrunken erlebt, was meistens mit Dresche für
mich endete. Ich lernte zu überleben und diese Dinge über mich
ergehen zu lassen, weil Gegenwehr sie noch schlimmer machte. Als
ich erwachsen wurde, war es unerträglich, wenn ein Kerl zärtlich zu
mir war oder einfach nur mit mir ins Bett wollte. Wenn es aber ein
Macho war, dem die Hand gerne einmal ausrutschte, dann konnte
ich Schnurren wie eine Katze. Ausgerissen und herumgestreunt war
ich oft, und auf der Straße bekam ich dann irgendwann den ersten
Schuß umsonst angeboten. ich wünschte mir nichts mehr, als
zumindest für den Moment meinem Dasein zu entfliehen, und
schon hing ich mitten im Dreck. Um das Geld für meine Sucht
aufzutreiben, verkaufte ich meinen Körper, ich empfand nichts
dabei, war zu abgestumpft. Mein Beschützer wußte, wie er mich am
langen Zügel hielt, nie würde das Geld reichen, um ein neues
Leben zu beginnen. Als ich das erkannte, kam es dann zum Streit,
und meine Verzweiflung verlieh mir ungeahnte Kraft - zuviel, wie
sich herausstellte.

Ich hatte riesiges Glück, daß Marita, von der ich schon gehört hatte,
noch in der gleichen Nacht von dem Vorfall gehört und mich
aufgelesen hatte. Sie gab mir zum ersten Mal einen Ort, an den ich
hingehörte, und ich war ihr zutiefst dankbar dafür. Ich wurde
gesucht und hätte ohne sie vor dem Nichts gestanden. Sie machte
wieder einen halbwegs normalen Menschen aus mir, ich kam von
meiner Sucht los. Sie lehrte mich auch, meine traumatische
Vergangenheit in einen Vorteil in der Gegenwart zu wandeln, in
dem sie mich in die SM-Welt einführte. Hier konnte ich mich
ausleben und dabei noch etwas Geld verdienen. Leider hatte ich
meinen Körper ziemlich ramponiert. Früher war mir das egal
gewesen, ich hatte nicht damit gerechnet, ihn noch viele Jahre
brauchen zu müssen, aber nun hatte ich wieder zurückgefunden.
Wegen der Nachfrage und weil es die einzige Möglichkeit war,
unerkannt zu arbeiten, wurde ich zur Latexsklavin.

Einstecken hatte ich gelernt, und erst der Schmerz löste mich und
brachte mich auf Touren. Latex war für meine Kunden ein Fetisch,
nicht für mich, aber ich war noch mehr als sie verdammt dazu,
darin zu leben. Nichts geschah zufällig im Leben, und wenn ich nur
diese einzige letzte Chance hätte, dann würde ich eben so ein
neues Leben beginnen. Mit der Zeit merkte ich, daß meine kleine
Welt sich dem, was draußen um sie herum vorging, nicht entziehen

konnte. Scheinbar gingen die Geschäfte nicht gut, auch wenn nicht darüber gesprochen wurde. Ich rechnete daher mit dem Schlimmsten, als meine Chefin mich zum Gespräch bestellte, besonders, als ich hörte, daß Besuch dabei sein würde.

"Nina, du bist nicht auf den Kopf gefallen, ich weiß, daß hinter meinem Rücken getuschelt wird, wie mein Geschäft zukünftig über die Runden kommen wird. Ich weiß auch, daß du hier ein Zuhause gefunden hast und am liebsten hier alt werden würdest. Beides steht im Zusammenhang, es ist dir nur noch nicht klar. Ich will deine Dankbarkeit, die du mir jeden Tag beweist, nicht ausnutzen, aber es sieht so aus, daß du uns allen und dir selbst aus der Patsche helfen kannst. Es wird aber ein Opfer von dir erfordern, und deine Entscheidung wird nicht wieder rückgängig zu machen sein."
"Was erwartet ihr von mir, und wer sind unsere Gäste? Ich habe noch nie solch eine perfekte Latexhaut gesehen." Ich musterte die Begleitung der beiden Männer, die mir als Natalie vorgestellt worden war, aber stumm blieb, bewundernd.
"Der Reihe nach. Gefällt dir dieses Äußere? Könntest du dir vorstellen, daß so ein Anblick mehr Gäste anlocken würde?"
"Keine Frage, beides muß ich ohne Nachdenken mit Ja beantworten."
"Dann höre: Unsere Besucher sind Spezialisten für permanente Eingummierungen. Sie verwandeln Menschen für immer in traumhafte Gummipuppen, die nie altern und denen man kaum wiederstehen kann. Du sollst dir in den nächsten Tagen überlegen, ob du zu diesem Schritt bereit wärst, von dem es kein Zurück gibt. Für dich ist es eine weitere Chance für den Beginn eines neuen Lebens. Niemand wird deinen Körper mehr so sehen, wie du ihn heute zugerichtet hast. Deine Identität wird für immer gelöscht, nicht einmal zufällig oder während du schläfst wird jemand dein von der Polizei gesuchtes Gesicht je wiedersehen. Uns allen wirst du zum Erfolg verhelfen, denn so ein hübsches Püppchen hat niemand."
"Wie lange habe ich Bedenkzeit?"
"Sagen wir eine Woche, du mußt es dir gut überlegen."

Es wurde die längste Woche meines Lebens. Ich war Marita unendlich dankbar und würde mich trotzdem nicht aus einem schlechten Gewissen heraus entscheiden. Es schien mir nur absurd, daß ich mich für immer in ein Fetischwesen verwandeln sollte, obwohl es gar nicht mein Fetisch war. Im Bereich des Theaters gab es ähnliche Dinge, Krimiautoren waren privat manchmal äußerst unspannende Menschen, und Komiker zuweilen zu Hause recht humorlos. Der wichtigste Aspekt war der, der mich nach den Drogen am Leben gehalten hatte - der Glaube an eine Zukunftsperspektive.
Dieser Gedanke ließ mich nicht los und überwog alles andere. Noch vor Ablauf der Woche hatte ich mich innerlich entschieden, den Schritt zu machen. Aber einige Fragen mußten noch geklärt werden.
"Marita, ich will genau wissen, was ihr aus mir machen wollt. Ich möchte zum Beispiel weder stumm sein noch meine Arme nicht

mehr benutzen können wie diese Natalie."
"Das wäre auch schlecht fürs Geschäft. Du mußt nicht nur sprechen, sondern auch blasen und schlucken können. Es wäre auch schade, wenn du die Kunden nicht mehr so gekonnt mit der Hand verwöhnen könntest. Ich habe gehört, daß einige ihrer Umwandlungen nicht mehr sehen durften, auch das wäre bei dir völlig unangebracht, mein Kind."
"Also würden sich die Modifikationen nur auf die Gummihaut an sich und Details beziehen, die meinen Sex-Appeal fördern?"
"Genau so denken wir uns das, und vergiß nicht, daß du auch ein bezauberndes Latexgesicht bekommst."
"Eine letzte Frage. Dieses spezielle Verfahren ist doch bestimmt sehr aufwendig und sehr teuer, wie bezahlst du das?"
"Darüber verhandeln wir noch, aber was dich betrifft verspreche ich dir, daß du von den Mehreinnahmen profitieren wirst."
Eine Nacht schlief ich noch darüber, dann sagte ich Ja.

"Alles schön und ehrenrührig, aber wie soll es denn mit der Bezahlung laufen?" Bernd hatte da so seine Zweifel.
"Für Nina wird eine eigene Homepage eingerichtet. Dort kann sie in mehreren Räumen des Studios jeweils von Freitag bis Montag rund um die Uhr per Webcam von zahlenden Kunden beobachtet werden. Dabeizusein, wenn jemand Latex in dieser Hardcore-Form auslebt, das wollen viele, auch wenn sie dabei vielleicht nur ganz normale Sachen macht. An diesen Einnahmen sind wir für immer mit der Hälfte beteiligt. Üblicherweise gehen nach einiger Zeit Wünsche ein, was Nina vor der Kamera machen soll. Das kostet extra und auch davon bekommen wir die Hälfte. Als nächstes werden ihre Verehrer, sprich Sklaven, alles daran setzen, sie persönlich zu treffen. Das kann sie dann an den restlichen Wochentagen machen und es ist dann ihr eigener Verdienst."
"Meinst du nicht, daß wir mit unserer Eingummierungstechnik auffallen?"
"Die meisten Zuschauer werden denken, daß Nina es nicht länger als diese vier Tage am Stück aushält, oder daß wir tricksen und es mehr als eine Frau im Latexanzug gibt, die sich heimlich abwechselt. Auf die permanente Gummipuppe kommen die gar nicht, es ist zu offensichtlich. Du wirst sehen, sie wird Zuschriften bekommen, die ihr enormes Durchhaltevermögen bewundern."
"Es klingt fair. Vor allem kann sie etwas für sich zurücklegen, und es liegt bei ihr, ob sie ihre Kunden gut bedient, für uns ist kein Risiko dabei."
"Nun müssen wir uns Gedanken über ihre zweite Haut machen. Um arbeiten zu können, müssen wir ihr viel Freiheit lassen. Gefangen ist sie durch die äußeren Umstände ohnehin schon."
"Sie muß ihre Hände benutzen können, egal ob sie einen Schwanz massieren oder den Fußboden putzen soll. Sie muß blasen können, ihre Löcher müssen zugänglich bleiben etc."
"Unser Können sollten wir diesmal darauf verwenden, sie mehr als gut aussehen zu lassen. Sie sollte große Brüste bekommen, den äußeren Vaginabereich könnten wir einladender gestalten, und natürlich müssen wir uns mit dem Gesicht ganz besondere Mühe

geben, um es verführerisch zu gestalten. Sie hat den Wunsch geäußert, daß die Farbe ihrer Grundhaut schwarz sein soll, der Kopf jedoch hautfarben."

"Ich würde trotzdem gerne den Stil unserer Organisation wenigstens etwas verwirklichen."

"Das werden wir auch, und wir werden sie damit überraschen. Sie läuft gekonnt auf 12 cm-Absätzen, das konnte ich genau beobachten. Wir werden ihr für immer metallene 15 cm-Pumps anpassen. Es spricht auch nichts dagegen, sie dauerhaft streng zu korsettieren, das kann ihre Figur nur mehr zur Geltung bringen."

"Sollten wir sonst noch etwas berufsspezifisches bedenken?"

"Marita hat uns doch erzählt, daß Nina viel einstecken kann, und daß es einige Stammkunden gibt, die sich an ihr so richtig austoben. Ich finde, wir sollten Nina heimlich ein wenig helfen, falls sie mehr von diesen gut zahlenden Kunden an Land ziehen sollte. Wir werden am Hintern, an den Brüsten und an ihren Wangen unbemerkt Kevlarschichten einpassen, die die Wucht der Schläge dämpfen werden, ohne daß es die Kundschaft merkt."

"Klasse Idee. Ich habe auch einen praktischen Vorschlag: Da sie nicht switcht und immer die Rolle der Sklavin verkörpern wird, wird sie oft gefesselt sein. Das ergibt sich manchmal als spontaner Wunsch, der schnell umgesetzt werden will. Wir könnten doch an Hand- und Fußgelenken kleine Ösen anformen, so daß man sie ganz bequem fixieren kann. Die Zuschauer fänden dieses Detail bestimmt interessant."

"Das machen wir. Ich sehe schon die Werbung, wie Nina als 'naturdevot und masochistisch' angepriesen wird. Jedem das seine."

Marita war persönlich angereist, um die Fortschritte bei der Transformation ihres Schützlings zu begutachten. Nina war inzwischen schon so gut wie vollendet, gerade wurde die Korsettierung fertiggestellt.

"So wenig Narkose wie bei ihr war noch nie erforderlich. Sie hat aus freien Stücken gut mitgemacht, wir haben aber auch gemerkt, daß sie mit Schmerzen aufgewachsen ist und damit umgehen kann. Für die letzten Schritte, das letzte Paar Schuhe ihres Lebens und die Korsettierung, was es aber unumgänglich, sie für einige Tage in den Schlummer zu schicken. Sie weiß noch nichts davon, auch nicht von den eingebauten unsichtbaren Protektoren gegen Schläge."

"Da mache ich mir keine Sorgen, das wird ihr gefallen. Wann wird sie einsatzbereit sein? Wir müssen bald Geld einnehmen."

"Es gab bei ihr keine inneren Veränderungen, die lange ausheilen müßten. In zwei Wochen habt ihr sie wieder."

Mit meinem neuen Aussehen war ich sehr glücklich. Ich konnte mich im Spiegel gar nicht mehr sattsehen. Eine neue Nina war geboren, ohne Vergangenheit, und mit einer Schönheit, die nie altern würde. Ich hatte zumindest für den Moment nicht das unterschwellig erwartete Gefühl, sich an eine Art Gefangensein in der Latexhaut erst gewöhnen zu müssen. Sie war so wunderbar glatt, irgendwie war es mehr eine Befreiung für mich. Man hatte mir gesagt, es gäbe noch ein paar Überraschungen, und es würde schon noch etwas anstrengender. Da Marita eingeweiht war, machte ich mir keine Sorgen, sie würde auf mich achtgeben, ich überließ mich der Narkose und dämmerte weg.

Als ich wieder erwachte, hatte ich etwas Schädelbrummen, die Hüfte und die Füße taten mir weh, und ich hatte überhaupt keinen Antrieb, etwas anderes zu tun als dazuliegen und mich zu erholen. Als ich den Kopf etwas klarer hatte, wurde mir im Beisein von Marita erklärt, daß ich zur Steigerung meiner Reize für immer eine korsettierte Wespentaille und wie angegossene High Heels haben würde. Der anfängliche Schmerz würde bald vergehen. Ich mußte tief durchatmen, aber ein Argument dagegen fiel mir nicht ein.

Knappe eineinhalb Wochen später war ich tatsächlich schon wieder ziemlich fit. Ich konnte fast ohne Schmerzen vorsichtig herumlaufen. So hatte ich festgestellt, daß es sich mit meinen gewissermaßen körpereigenen Absätzen viel besser lief als mit irgendeinem Paar Schuhe, daß ich jemals besessen hatte. Ich sollte in wenigen Tagen hier fertig sein. Vorher bat man mich mit einem Augenzwinkern zu einem "Funktionstest".
"Wenn hier einer meint, er kann mich umsonst durchvögeln, dann vergeßt es."
"Quatsch, es hat mit den Anforderungen deines Jobs zu tun. Wir haben hier ein provisorisches Andreaskreuz an der Wand angebracht. Wenn du mal so nett wärst?"
Ehe ich mich versah, war ich mit dem Bauch zur Wand am Kreuz fixiert, ohne daß Seile oder Manschetten im Spiel gewesen wären.
"Die kleinen Ösen habe ich längst bemerkt, war doch klar, wozu die da sind."
"Wir wollen den Test unter realistischen Bedingungen durchführen. Um die Ösen geht es dabei gar nicht."
Ich drehte den Kopf zur Seite und sah Simone auf ihren Hufen tänzelnd auf mich zukommen, mit einer Peitsche in der Hand. Das sah wirklich mehr als realistisch aus. In Erwartung des Unabwendbaren konzentrierte ich mich wie immer, wenn ich den Schmerz dadurch erträglich machen wollte, daß ich ihn gefühlsmäßig nicht an mich heranließ. Ich hörte an der Art, wie die Peitsche sauste, daß Simone entweder sadistisch veranlagt war ohne von der richtigen Dosierung keine Ahnung hatte, jedenfalls hatte sie kräftig ausgeholt. Dementsprechend knallte die Peitsche lautstark auf meinen Arsch. Doch der Schmerz war viel geringer als erwartet. Ungläubig schaute ich mich um.
"Test bestanden. Aber das schmerzverzerrte Gesicht üben wir noch."

Die Dinge nahmen tatsächlich den gewünschten Gang. Ich erlangte in bestimmten Kreisen einen gewissen Bekanntheitsgrad, die Internetvoyeure zahlten kräftig, es gab seltsame Sonderwünsche für gutes Geld und inzwischen hatte ich auch mehr Stammkunden.

Die Protektoren leisteten mir gute Dienste, wenn zwei Termine kurz hintereinander lagen. Wenn mal eine neue Kollegin dazustieß, dann brauchten Marita und ich keine Angst mehr haben, mein Latexgesicht lächelte sie freundlich an, ohne meine Identität zu verraten.

Richard war mit Geld gesegnet und lebte in einer Steueroase. So stellen sich viele das perfekte Leben vor. Nur leider war es ihm fad geworden. Sein Wohnort war erste Klasse, aber langweilig. Vor allem aber jagte er nun schon seit Jahren vergebens seinem Lebenstraum nach, und er wußte, daß man ihn nicht kaufen konnte. Er suchte eine Partnerin, die zu ihm paßte. Leicht gesagt, denn die Schnittmenge der Anforderungen war anspruchsvoll. Richard trug hin und wieder gerne Latex; hauptsächlich projezierte er seine Leidenschaft auf seine jeweilige Gespielin, die er am liebsten nie mehr aus ihrer Gummiumhüllung entlassen würde, jedenfalls nicht freiwillig. Das war ein Zwiespalt für ihn. Er war dominant, aber nicht sadistisch. Er würde jemand wie eine Sklavin halten und ihr gleichzeitig das Gefühl einer Dame geben können. Bislang hatte es ihm entweder niemand geglaubt, oder die Bekanntschaften hatten sich als nett für ein Abenteuer, aber nicht für mehr empfohlen. Viele, die auf der Welle ritten, schienen die tiefere Bedeutung von SM nicht zu kennen und tobten sich an oberflächlichen Ritualen aus. Der Mensch ist halt nicht gerne allein sagte er sich, und hatte wenigstens seinen Spaß, doch sein Ziel ließ er nie aus den Augen und forschte oft gefrustet, aber stetig im Internet weiter.

Eine neuere Seite, die unverhohlen dem Mammon diente, bot die Möglichkeit, eine Gummisklavin einige Tage nonstop rund um die Uhr per Webcam zu beobachten. Es gab die entsprechenden Szenen, wo die Sklavin fixiert war, bedienen mußte, bestraft wurde etc., aber man konnte auch ein Stück ihres Alltags miterleben. Diese Mischung aus beidem sprach Richard an. Der Kontrast einer schwerstens dem Latexfetisch huldigenden Puppe, die in der Küche Kaffee kochte wie sonst eine Hausfrau im Morgenmantel und mit Lockenwicklern, das reizte ihn. Der Gedanke, dieses Wesen in seinen vier Wänden haben zu wollen, lag auf der Hand. Aber da im Internet und wenn es um Geld für Liebe geht nichts so ist wie es scheint, war Vorsicht geboten.

Ein merkwürdiger Kunde war dieser Richard. Er beobachtete mich über die Webcam mit ziemlicher Ausdauer, und nicht etwa, wenn Action angesagt war, sondern meistens bei meinen ganz alltäglichen Dingen. Er hatte bislang aber keinen Sonderwunsch geäußert. Außerdem hatte er sich erkundigt, wer unser Studio führte, das hatte Marita mir gesteckt.

Spannend wurde es, als er einen Termin mit mir abmachte, zwei Wochen im voraus, weil er seine Anreise planen müsse. Ob das einer dieser Schlipsträger war, die abseits einer Messe oder eines Kongresses ein exotisches Erlebnis suchten? Dann schrieb er etwas, was ich gar nicht verstand, aber gerne annahm. Er buchte mich für Dienstag bis Donnerstag für fünf Stunden täglich, um mich kennenzulernen, wie er schrieb. Mit sportlichem Ehrgeiz versuchte ich herauszfinden, was ihn antrieb und welche ausgefallenen Wünsche er möglicherweise hätte, aber er schrieb zurück, daß er sich neben dem Standardprogramm vor allem mit mir unterhalten wolle. Als Nutte ist man sowieso immer auch Psychologin, damit hatte ich kein Problem.

Richard erschien. Er trug Krawatte (hatte ich es doch geahnt) und war ein gediegene Erscheinung, wozu sein leicht angegrautes Haar noch beitrug. Er schien im Leben herumgekommen zu sein und sich für viele Dinge zu interessieren. Vor allem für mich, und ich hatte das Gefühl, er würde in mich hineinsehen - klar machte ihn mein Anblick geil wie alle anderen. Er tobte sich in den ersten Stunden aus, blieb aber immer Gentleman und ließ mir stets meine Würde. Er beschimpfte mich nicht und erkundigte sich ab und zu nach meinem Wohlbefinden. Das war ebenso ungewohnt wie angenehm. Von so einem Kavalier hatte ich während meiner schlimmsten Zeiten auf dem Straßenstrich geträumt. Wenn er es darauf angelegt hatte mit mir ins Gespräch zu kommen, dann hatte er gewonnen, ich schmolz dahin, meine Neugier war einfach zu groß.

"Raus mit der Sprache, warum bist du wirklich hier?"
"Du wirst es erfahren, aber erst am letzten unserer drei Tage. Ich glaube, jetzt würdest du es noch nicht verstehen. Laß dich einfach auf mich ein, dann ergibt es sich fast von selbst."
Am zweiten Tag redeten wir eigentlich nur. Natürlich saßen wir dabei nicht wie ein altes Ehepaar auf dem Sofa. Mal fesselte er mich, mal massierte ich mit meiner Latexhand seinen Schwanz, aber das war alles irgendwie zur Nebensache geworden. Mir fiel auf, daß er nicht nach meiner Lebensgeschichte fragte und daß er das Gesprächsthema in Richtung Partnerschaft lenkte. Aha, Eheprobleme, seine Frau kommt mit seinem Gummifetisch nicht klar, dachte ich insgeheim, sprach ihn aber nicht darauf an. Es würde besser sein, wenn er sich überwand und aussprach, was ihm auf dem Herzen lag. Das tat er dann am dritten Tag, aber völlig anders als erwartet.

Er erschien mit einem Strauß schwarzer Rosen und mit Marita im Schlepptau, die gerührt dreinschaute. Was war denn jetzt passiert?
"Nina, knie dich hin."
Ich gehorchte.
"Ich habe versprochen, dir am dritten Tag zu sagen, warum ich hier bin. Ich bin hier, weil ich eine Partnerin suche. Ich kenne deine Vergangenheit nicht, und ich will sie auch nicht wissen. Ich habe dich so liebgewonnen, wie du heute bist. Damit meine ich nicht nur deine äußere Erscheinung. Du hast einen gutes und liebes Wesen. Ich schlage dich, weil wir beide so veranlagt sind und es brauchen. Es ist kein Widerspruch darin, daß ich gleichzeitig viel für dich empfinde. Du wirst immer mehr für mich sein als meine Gummisklavin, denn ich kann den Mensch hinter dem Latex fühlen. Du bist die einzige Frau, die ich kenne, die mich darin versteht, daß es möglich ist, die Waage zwischen SM und Alltag fein im Gleich-

gewicht zu halten. Du bist die Einzige, die ganz selbstverständlich in Latex lebt und ich bin derjenige, der jemand wie dich braucht, bei dem sich der Fetisch als roter Faden durch alle Lebenssituationen zieht und nie abreißt. Ich habe mit deiner Chefin gesprochen und ihr für eine Probezeit von drei Monaten eine feste Miete zugesagt, von der du deinen Anteil bekommst, so daß Geld keinen Einfluß zu haben braucht. Aber es soll deine freiwillige Entscheidung sein, ich weiß, daß man selbst eine Sklavin aus Veranlagung nicht kaufen kann."

Seitdem waren zweieinhalb Monate vergangen. Nina wurde nach den Maßstäben einer Sklavin sehr zuvorkommend behandelt und vor allem fühlte sie sich respektiert. Nach wie vor hatte Richard sie nicht nach ihrer Vergangenheit gefragt, was sie ihm hoch anrechnete. Einmal hatten sie zufällig im Fernsehen einen Bericht über Drogenschicksale gesehen, da hatte es sie innerlich gefröstelt, aber Richard hatte nichts mitbekommen. Da war ihr klargeworden, was für ein Glück sie erleben durfte, nachdem sie schon aufgegeben hatte. Ohne ihren Latexkörper wäre es nie dazu gekommen. Kurz vor Ablauf der drei Monate kam Richard zu ihr und faßte ihre Hände.

Nina wollte sich wie gewohnt hinknien, aber er ließ es nicht zu. "In weniger als drei Monaten hast du dich zu meiner Partnerin und Gummipuppe entwickelt, und ich möchte ohne dich nicht mehr leben. Man heiratet keine Sklavin, aber ich möchte, daß wir uns gegenseitig versprechen, für immer zusammenzubleiben."

Für dieses Versprechen sollte es schon ein besonderer Rahmen sein, aber das, was andere Paare üblicherweise machten, etwa ein Wochenende in einem romantischen Hotel, blieb den beiden aus naheliegenden Gründen versagt. Es ergab sich zum Glück, daß Freunde von Richard zu einer Latexparty eingeladen waren. Der Veranstalter hatte nichts dagegen, daß am Rande der Party ein Ritual vollzogen werden sollte.

Die Party war gut besucht, es war laut und eng und man wußte gar nicht, welches Gummioutfit man zuerst bestaunen sollte. Nina war zu ihrem Gummidasein auf ganz andere Art gekommen als alle anderen hier, darum hatte sie früher noch nie so eine Party besucht. Das Getümmel erschlug sie anfangs ein wenig, aber sobald sie spürte, daß sie hier nichts Besonderes war, fühlte sie sich unter Ihresgleichen wohl und ungezwungen. Die gute Stimmung steckte an. Richard und seine Freunde hatten einen ruhigeren Nebenraum reservieren lassen. Hier waren sie ungestört, aber nicht abseits des Geschehens, daß sich durch eine Jalousie optisch und akustisch gedämpft im Hintergrund wahrnehmen ließ.

Als Nina von Richard in den Raum geführt wurde, bemerkte sie auf einem Podest eine große Blumenvase, in der sich rote und schwarze Rosen befanden.
"Ganz so, wie es zwischen uns ist, du bist meine Gummisklavin, aber auch meine Partnerin."

Einige wenige Freunde von Richard waren anwesend. Einer war in einer Mischung aus Mönchs- und Priestergewand gekleidet. Sein Gummigesicht verschwand fast im Schatten der Kapuze seines Capes. Er übernahm den Vollzug des Rituals. Gekonnt hatte er in seiner kurzen Ansprache die herkömmlichen Pflichten einer Ehefrau mit denen einer Sklavin verbunden. Nur allzu gerne gaben sich die beiden daraufhin das Versprechen, den Rest ihres Lebens gemeinsam auf diese Weise zu verbringen. Statt der bei einer Trauung üblichen Ringe wurde Richard ein metallenes Sklavenhalsband mit einem kleinen vorne angebrachten Ring gereicht. Es war eine Sonderanfertigung und rundum mit dünnem schwarzen Flüssiglatex überzogen worden, so daß es perfekt zu Ninas Körper paßte. Nach dem Anlegen fielen sich die beiden gerührt in die Arme. Es folgten die Glückwünsche der Freunde.

Mit Rücksicht auf das frisch verbundene Paar hatten sie es vermieden, anschließend die Gäste über das Glück in ihrer Mitte zu informieren. Statt dessen wartete einer von ihnen draußen mit einem Wagen.
"Nina, ich halte nicht viel von den bürgerlichen Hochzeitsbräuchen, aber ich werde dich jetzt entführen und eine wundervolle Nacht mit dir verbringen."
"Wie gerne ich das höre, kannst du dir gar nicht vorstellen."

Der Freund fuhr sie in einem großen gemieteten Wagen heim, hinten waren Vorhänge angebracht. Stilecht zur Entführung hatte Richard seine Nina gefesselt und auch gleich geknebelt. Er hielt sie im Arm, sie ließ es zu, unfähig, Zärtlichkeiten zurückzugeben oder sich auch nur anzuschmiegen. Trotzdem empfand Richard es nicht als Zurückweisung, es bestand eine Verbindung zwischen den beiden, die über das Körperliche inzwischen weit hinausging.

Zu Hause befreite er sie zunächst, und sie genossen die Nacht auf der Terrasse bei einem Glas Wein.
"Richard, du bist das Beste, was mir in meinem Leben passieren konnte. Ich möchte dir meine Gefühle zeigen, du weißt, daß ich es nicht kann, wenn du zu gut zu mir bist."
"Nina, ich hatte gehofft, daß du das sagen würdest. Ich möchte diesen romantischen Moment nicht stören und hätte es nicht ausgesprochen, aber ich brauche genau wie du diese ganz spezielle Form der Nähe."

Über den Verlauf der "Hochzeitsnacht" decken wir dezent den Mantel des Schweigens. Jedenfalls wußte Richard, welche Stellen von Ninas Körper durch die Protektoren besonders unempfindlich waren und welche nicht...

Mit unseren Erpressungen hatten wir seinerzeit aufgehört, weil wir Helmuts Konto nicht mehr nutzen konnten und weil fast alle brav gezahlt und wir unser Ziel erreicht hatten. Einer von denen, die nicht gezahlt hatten, war um Ausreden nicht verlegen gewesen, sowohl das Finanzamt als auch seine Ex-Frau säßen ihm im Nacken. Wir hatten ihm zwar schon aus Prinzip noch ein paar Mal gedroht, das Geld aber innerlich längst abgeschrieben.

Nun meldete sich dieser gewisse Walter auf einmal doch noch, scheinbar waren wir ihm irgendwie unheimlich. Er gab an, seine Münzsammlung gegen Bares verkauft zu haben und wollte sich mit uns treffen, um Geld gegen verfängliches Material aus unserem Besitz auszutauschen.
"Erst Desiree, und jetzt so etwas. Darauf fallen wir aber nicht herein."
"Werden wir auch nicht, die Sache stinkt. Bernd, hol mir doch mal unseren vermurksten Anzug-Prototyp, an dem wir damals verschiedene Biokleber-Mischungen getestet haben, und eine von den Latexmasken mit einem natürlichen Frauengesicht. Wir werden eine Bastelstunde einlegen."

Unter Verwendung einer Perücke, einer Sonnenbrille, eines Mantels, viel Kleber, einem Ventil und einer unserer Flaschen mit Narkosegas aus dem Operationssaal flickten wir unsere Gummifrau für die Geldübergabe notdürftig zusammen. Scherzhaft nannten wir sie Dolly. Sollte bei der Übergabe ein schmutziger Trick passieren, würde sie stellvertretend für uns die Prügel abbekommen.

Mit Walter wurde ein Treffpunkt in einem nahen Wäldchen ausgemacht. Dort gab es eine Schutzhütte, in die sich wochentags abends niemand mehr verirrte. Bei Anbruch der Dämmerung wollte Walter dort die Geldtasche übergeben und dafür verräterische Videobänder und Fotos von der Erschaffung seines Püppchens erhalten, welches er momentan bei einem Freund untergebracht hatte. Denn er plante, der Sache ein für allemal ein Ende zu machen.

Da wartete ja mein Opfer schon im Halbdunkel der Schutzhütte. Ich hatte zwar nur alte Zeitungen statt Geldscheine in meiner Tasche, dafür aber eine geladene Pistole mit Schalldämpfer in der Jacke. Entschlossen ging ich auf die Hütte zu und hielt zur Ablenkung mit der linken Hand demonstrativ die vermeintliche Geldtasche hoch, während ich mit der rechten die Pistole angespannt umfaßte. Dann war ich nahe genug heran, um sicher zielen zu können, ich stand nur noch wenige Meter vor der Türöffnung der Hütte. Bevor die Frau mir gegenüber reagieren und möglicherweise zuerst eine Waffe ziehen konnte, schoß ich mehrmals. Anscheinend versagte der Schalldämpfer, es knallte ohrenbetäubend, die Frau war wie vom Erdboden verschwunden und irgendetwas flog mir um die

Ohren. Dann schwand mein Bewußtsein so plötzlich, als wenn an meinem Rolladen der Gurt gerissen wäre.

Da kam er also, die zwielichtige Gestalt, und fühlte sich offenbar sehr sicher. Wir hatten uns in ausreichender Entfernung mit einem Fernglas strategisch günstig postiert um zu sehen, was geschehen würde. Wir rechneten schon mit irgendeiner Schweinerei, aber dann überschlugen sich die Ereignisse. Dieser Walter war vollkommen skrupellos, er zog eine Waffe und schoß ohne Vorwarnung auf unsere Dolly. Die Gummipuppe expoldierte in tausend Stücke und setzte in ihrer Umgebung das Narkosegas frei, mit welchem wir sie vorahnungsvoll gefüllt hatten. Wir konnten gefahrlos beobachten, wie dieser Walter zusammensackte. Hätte er es besser den Fetischisten nachgemacht und wäre mit einer Gasmaske angerückt, aber er konnte es ja nicht ahnen. Mit einer mitgebrachten Schubkarre verfrachteten wir ihn über einen Feldweg bis zu unserem Transporter, der am Waldrand geparkt war. Einen zwar verhinderten, aber doch entschlossenen Mörder würden wir weder laufenlassen noch den Behörden übergeben, wo er über uns hätte singen können, solche Dinge regelten wir lieber selbst. Der Anschlag war ihm mißglückt, nun war die Rache unser.

Wir konstruierten eine Art Schrein mit einem Götzenbild darauf. Er ähnelte einem Zeremoniensessel mit einem Kasten unterhalb der Sitzfläche statt einzelner Sesselbeine. In dem Sessel würde der goldene Oberkörper einer unbekannten Gottheit thronen.

Wir hielten Walter fortwährend im künstlichen Schlaf. Wir nahmen seine Maße ab und bereiteten einen ganz speziellen Anzug für ihn vor. Schwierigkeiten machte uns die goldene Farbmischung, die sich nicht recht mit dem Biokleber vertragen wollte, aber dann bekamen wir es doch hin. Wir verwendeten extrem dickes Gummi, welches sich fast nicht mehr biegen ließ. Der untere Teil des Anzugs war die Standardausführung, mit den üblichen Serviceöffnungen. Der obere Teil hatte innen eine genau abgemessene Korsettkonstruktion, mit einer Halterung für die Arme, welche in der Haltung wie bei einer Zwangsjacke, jedoch auf dem Rücken, fixiert wurden, bevor der Anzug verklebt wurde. Am Hals gab es eine Halscorsage aus Metall, die jegliche Bewegung des Kopfes verhinderte. Sie hatte einen nach innen kräftig aufblasbaren Ring. Die Kopfmaske war genau genommen eine Art aufblasbarer Ballon aus dickem Gummi, der einigen Druck benötigte, um die gewünschte Form anzunehmen. Aus dieser Kugel schauten zwei verspiegelte Gläser, die nicht erkennen ließen, was in der Kugel steckte. Innen lief ein Schlauch zur Atemluftversorgung durch den Anzug nach unten. Nachdem Walter mittels Flaschenzug und reichlich gleitendem Biokleber für immer in seinem Anzug gefangen war, beendeten wir den Unterbau des Schreins. In den Boden wurde zunächst eine Bleiplatte montiert. Walter wurde kniend in den unteren Kasten gesetzt. In dieser Position hielt ihn von jetzt an ein stabiles Metallgestell dauerhaft fest. Es wurde auch an seinem Rücken an Befestigungspunkten des Korsetts fixiert, die durch dafür vorgesehene kleine Öffnungen des Anzugs ragten. In der Rückenlehne des Sessels befand sich eine Ausbuchtung, die die rückwärtig verschränkten Arme aufnahm, ohne daß dies von vorne sichtbar gewesen wäre. In den Kasten wurden seitlich noch Behälter montiert, dann wurde durch eine passend ausgeschnittene Platte der Kasten oben zum Körper hin abgeschlossen, so daß Walters goldener Gummikörper mit der Latexkopfkugel erst ab dem Bauchnabel aufwärts sichtbar war. Für den Transport blieben die Behälter noch ungefüllt und Walters Zu- und Abflüsse samt Beimischung des Narkosemittels erfolgten durch externe Schläuche.

Verpackt in eine Holzkiste und zur Tarnung für eine eventuelle Kontrolle als empfindliches Kunstwerk deklariert, was im Prinzip sogar der Wahrheit entsprach, ging Walter per LKW auf Reise, in Begleitung von Dieter, der sich um die Versorgung kümmerte. Die Fahrt führte bis ans Mittelmeer. Dort rumpelte der LKW auf eine kleine Fähre, die nur auf Anforderung am verwaisten Kai einer einsamen Insel anlegte. Erst dort wurde der Laderaum geöffnet und die Kiste noch auf der Fähre mit einem alten zerbeulten Gabelstapler abgeladen und vorsichtig weggefahren. Dieter hatte sein Gepäck für ein oder zwei Nächte dabei, er würde die Vorbereitungen treffen und dann wieder von der Fähre abgeholt werden.

Einsame Inseln wie bei Robinson Crusoe gibt es heute nicht mehr, schon gar nicht am Mittelmeer, ebensowenig wie dort Menschen-fresser wohnen, und die Zivilisation erreicht auch den ent-ferntesten Winkel - wenn man sie denn hereinläßt. Auf dieser Privatinsel hausten keine Eingeborenen, sondern die Reste einer ehemaligen Sekte, die vor Jahrzehnten die Insel käuflich erworben hatte. Mit der Sektiererei war es lange vorbei, die Realität sah so aus, daß sich dort eine ganze Kolonie von verkrachten Späthippies gebildet hatte, die sich mit etwas Landwirtschaft (sprich Drogenanbau) und dem Export ihrer Produkte (sprich Schmuggel) über Wasser hielten. So ziemlich jeder hatte das eigene Sortiment schon einmal ausgiebig selbst durchprobiert und sich dabei den einen oder anderen Gehirnteil weggedröhnt. Wer sich an die Sechziger erinnern kann, der war nicht dabei.

Am Jahrestag der Gründung der ursprünglichen Sekte gab es immer wahre Orgien, nicht nur der Drogen wegen, sondern weil hier traditionell sexuelle Freizügigkeit gelebt wurde. Am Vorabend der Feier wurde der Thron im Inneren des früheren, schon leicht verfallenen Sektentempels aufgestellt. "Ein Geschenk von einem Bewunderer eures Glaubens" hieß es, aber weil ohnehin jetzt schon niemand mehr bei klarem Verstand war, gab es keine Rückfrage, nur die Rückmeldung daß das "ein geiles Kultgerät für unser Happening" wäre, und daß man es verwenden wollte, um davor Räucherstäbchen nach fernöstlichem Vorbild abzubrennen.

Noch vor dem Entladen auf die Insel waren die externen Schläuche entfernt worden. Walter bekam aus einem inzwischen gefüllten Behälter im Inneren des Podests Trinkwasser in seine Gummikugel zugeführt, ein anderer diente zur geruchslosen Aufnahme seines Urins über einen Katheter. Außerdem wurde eine Zeitschaltuhr aktiviert, die die Gummikugel des Kopfes mit der Halscorsage über einen Druckschlauch verband. Die Narkose würde noch etliche Stunden anhalten.

Ich hatte keine Ahnung, was mit mir geschehen war. Ich wußte noch, daß ich geschossen hatte, und dann lange nichts mehr. Während ich zu mir kam, wurde mir meine ausweglose Lage deutlich. Ich schien zu knien, konnte aber weder aufstehen noch meinen Körper sonst irgendwie auch nur einen Millimeter bewegen. Meine Arme waren auf den Rücken verschränkt fixiert und ließen sich ebenfalls nicht benutzen. Mein Hals war eng umschlossen und ließ keine Kopfbewegung zu. Mein Kopf tat mächtig weh, ich verspürte einen enormen Druck. Ich konnte keinen Laut von mir geben, offensichtlich war ich verschlaucht worden und konnte Trinkwasser ansaugen. Ich war völlig passiv meinem Schicksal ausgeliefert. Das einzig Mögliche war, zu versuchen zu sehen, was vor sich ging. Der Eindruck war der, als wenn man verkehrt herum durch ein Fernglas sehen würde, der reinste Tunnelblick.

Was ich sah, war äußerst merkwürdig. Ich schien in einem 70er Jahre-Film gefangen zu sein. Hippies zogen sich Drogen rein, und ich beobachtete sexuelle Ausschweifungen, die mir heiß und kalt werden ließen. Heiß war mir allerdings, scheinbar befand ich mich in einer anderen Klimazone. Von Zeit zu Zeit kamen Menschen, die vor mir niederknieten, etwas zu murmeln schienen, Räucher-stäbchen entzündeten und mich andächtig ansahen wie einen Außerirdischen. Verzweifelt versuchte ich jedes Mal, mich irgendwie bemerkbar zu machen. Ich versuchte mit Gewalt, mich zu bewegen, ich rollte mit den Augen, ich probierte zu schreien, ich kon-zentrierte mich in meiner Verzweiflung sogar darauf, im richtigen Moment einen hörbaren Furz zu produzieren, aber es half alles nichts. Ich litt stumm und hilflos, niemand schien mich als menschliches Wesen wahrzunehmen, obwohl man offenbar meiner äußeren Erscheinung, die ich selbst nicht sehen konnte, Verehrung entgegenbrachte.

Zwei Tage siechte ich so dahin, dann war der Wasservorrat alle, was die Sache noch schlimmer machte. Lebendig begraben, und nicht einmal unter der Erde, kam mir in den Sinn.

Am dritten Tag klickte es. Der Überdruck der Kopfmaske wurde über ein Ventil der Halscorsage zugeführt. Sie war außen aus Metall, innen war eine Latexwulst eingearbeitet, so daß der Druck nur nach innen auf den Hals wirken konnte. Walter litt ein letztes Mal kurz und heftig, als sein goldener Latexanzug ihm unbemerkt von seiner Umgebung die Luft abschnürte. Dann klickte es noch einmal, die Ausdehnung des inneren Latexrings hatte Sperren ausgelöst, die vorgespannte Federn zurückhielten. Zwischen der Wulst und dem Metallring angebrachte gebogene Platten drückten plötzlich zusätzlich mit Macht auf den Hals. Es dauerte keine Minute, bis die endgültige Erlösung eintrat.

Die "Eingeborenen" verehren ihren Götzen heute noch. Zwar war der Kopfdurchmesser irgendwann geschrumpft, aber es kam keiner auf die Idee, das Innenleben des Kunstwerks zu untersuchen, vielleicht wollte es auch niemand so genau wissen. Mit der Zeit haben sie es sogar verschönert, indem einige ihrer Künstler den Podest im Stil der Pop Art farblich umgestaltet haben. Wer weiß, einige Jahrhunderte später würde vielleicht ein neuer Däniken den Sachverhalt mangels schriftlicher Aufzeichnungen vollkommen anders deuten. Die wahre Geschichte würde sowieso niemand glauben, oder?

Seit unserer Flucht und unserem gelungenen Neuanfang waren wir innerlich nicht mehr so richtig zur Ruhe gekommen. Jetzt, da wir scheinbar von der Polizei nichts mehr zu befürchten hatten und es uns finanziell gut ging, hatten wir beschlossen, uns eine Auszeit zu nehmen. Wir mochten uns und hatten uns durch die gemeinsamen Erlebnisse zu einer kleinen Familie entwickelt. Wir fanden nun endlich die Zeit, unser weitläufiges Zuhause nicht mehr nur praktisch zu nutzen, sondern auch angenehmer zu gestalten. Ein langgehegter Wunsch war der Einbau einer Bar mit Barhockern, samt stilechter schummeriger Beleuchtung. Die Polster der Hocker und die vordere gepolsterte Verkleidung der Bartheke waren mit schwarzem Latex überzogen. Hinter der Bar war ein großer Spiegel angebracht. Die Bar wurde schnell zum abendlichen Treffpunkt, nicht ohne daß Natalies, Simones und Bernds Frau vorher ihre Latexhaut auf Hochglanz gebracht bekommen hätten, um in der raffinierten Beleuchtung richtig zur Geltung zu kommen, so daß sie ihre Spiegelbilder bewundern konnten.

Da wir uns selbst keinen Zeitdruck auferlegt hatten, kam auch das Vergnügen nicht zu kurz. Wir fertigten Dinge nur so zum Spaß, beispielsweise ein Geschirr für Natalie, mit dem sie einen kleinen Wagen ziehen konnte, in dem Simone ihre Obsternte von den wild auf unserem Grundstück wuchernden Sträuchern und Bäumen verstauen konnte. Beliebt waren auch Billardpartien. Um Natalie nicht zu benachteiligen, die ihre Arme durch die permanente Fixierung im Reverse Prayer nicht benutzen konnte, wurden dann Simone die Hände mit einem Latex-Monohandschuh auf den Rücken gefesselt. Natalie wurde ein modifizierter Umschnalldildo angelegt, an dessen Spitze ein verkürzter Billardqueue angebracht war. Bei Simone war es noch einfacher, für sie genügte ein Aufsatz auf ihren ohnehin fortwährend steif hervorstehenden Latexpenis. Natalie war konstruktiv bedingt für immer stumm, Simones Stimme ließ sich auf elektronischem Wege ausschalten. Es war immer wieder ein Erlebnis, die beiden Latexpuppen um den Billardtisch herumtänzeln und auf ihren extremen Absätzen balancieren zu sehen. Ging ein Stoß daneben, konnte man den Ärger darüber an den Reaktionen des Körpers ablesen, aber sonst war außer dem Klacken der Kugeln und dem Herumtrippeln wohltuende Ruhe.

Sexuell war erlaubt, was gefällt, und Partnertausch war an der Tagesordnung. Kurz gesagt, wir verlebten einige idyllische Wochen.

Hätten wir nicht alles etwas lockerer angegangen, dann hätten wir wohl niemals die amtlichen Bekanntmachungen in der örtlichen Zeitung gelesen, sondern sie überblättert. Dort war zu lesen, daß ein neuer Flächennutzungsplan vorsah, eine Umgehungsstraße über unser Grundstück zu bauen. Da der Kaufpreis seinerzeit nicht allzu hoch gewesen war und Geld uns momentan keine Sorgen machte, störte uns weniger, daß die Entschädigung für die Enteignung der Fläche gering ausfallen würde. Wir fragten nach und fanden unsere Befürchtungen bestätigt. Unser heutiges Glück war auf einmal ein Glück auf Zeit geworden. Keiner wollte es als Erster aussprechen, aber es machte sich der Gedanke breit, ob man noch einmal die Kraft für einen weiteren Start haben würde, und ob sich dann auch wieder hilfreiche Zufälle einstellen würden oder das Projekt in einem Desaster münden würde. Wie die Passagiere auf einem Schiff, die wissen, daß es nach einer bestimmten Zeit untergehen wird, lebten wir uns unbewußt noch intensiver aus, es gab keine Grenzen mehr, wenn es je welche gegeben hatte.

Nicht nur die Besitzer der Puppen, auch Natalie und Simone durften miteinander Spaß haben. Simone hatte den Wunsch vorgetragen, daß Natalie bei ihr Facesitting machen sollte. Natalie nickte nur allzugerne dazu. Bernd half bei den Vorbereitungen, nach dem Grundsatz "nur mal probieren ist nicht, wenn dann richtig" wurde Simone auf dem Rücken liegend auf einem flachen Futonbett mit ausgestreckten Armen und Beinen angebunden. So konnte Natalie sie problemlos erreichen, um sich auf sie zu setzen, und konnte die wehrlose Simone dominieren, obwohl sie selbst im Rerverse Prayer gefangen war. Simone wollte es auf die härtere Tour, Natalie sollte keine allzugroße Rücksicht nehmen. Um die Spannung zu erhöhen, schaltete Dieter noch die elektronische Vorrichtung ab, die Simone das Sprechen gestattete. Sie war nun ebenso stumm, als wenn sie geknebelt wäre. Dann ließ er die beiden alleine und schloß die Tür des Zimmers, sie würden eine Zeitlang ihren Spaß haben, er gönnte es ihnen.

Ich hatte schon viel erlebt, aber irgendwie hatte sich Facesitting nie ergeben. Wer weiß, was die Zukunft bringen würde, das wollte ich unbedingt erleben. Natürlich hatte ich mit nichts anderem gerechnet als daß mein Temperament durch Bondage gezügelt werden müßte. Ich fand es auch gut, daß sich Natalie einmal austoben konnte, weil ihr sonst immer die passive Rolle zufiel. Als ich festgebunden dalag, wurde meine Sprachfunktion deaktiviert, nun war ich völlig hilflos.

Kaum daß wir alleine waren und sich die Tür geschlossen hatte, begann Natalie mit ihrer Vorstellung. Sie tänzelte auf ihren irrwitzigen Absätzen um das Bett herum, um mich in Stimmung zu bringen. Aus meiner Froschperspektive sah diese überdimensionale Gummipuppe, die ich so gut kannte, noch verführerischer aus als sonst, ich als Mischwesen genoß diesen Anblick, und mein Latex-penis, der konstruktiv bedingt ohnehin ständig abstand, wurde noch härter und stand nun senkrecht in die Höhe. Das erzeugte nun eine Wechselwirkung bei Natalie, sie begann, sich näher mit mir zu befassen. Sie kostete ihre Überlegenheit aus, balancierte geschickt auf einem Fuß und stellte den anderen zwischen meine gespreizten Beine, was mich sehr erregte. Ich begann, an meinen Fesseln zu zerren. Nun setzte sie sich seitlich auf das Fußende des Bettes. Ein Bein dirigierte sie in Richtung meines Gummischwanzes und begann vorsichtig, ihn seitlich mit ihrem Absatz zu reiben. Die

Erregung war kaum auszuhalten. Ich begann fast, herumzuzappeln, so kribbelig wurde ich. Hätten wir beide nicht unsere Latex-gesichter getragen, hätte Natalie bestimmt hämisch gegrinst. Aber dieses immerwährende, künstliche leichte freundliche Lächeln trieb mich genauso in den Wahnsinn. Natalie hatte inzwischen die Reaktion meines Körpers davon überzeugt, daß jetzt der Zeitpunkt gekommen war, um Ernst zu machen.

Sie kniete sich zunächst über mich, ihre Gummivagina schwebte über meinem Kopf, zunächst leider noch unerreichbar für mich. Dann beugte sie sie ihre Kopf und begann, mit ihrem Gummi-schlund meinen Latexpenis zu saugen und zu schlucken, daß mir Hören und Sehen verging. Ich vergaß fast, daß ich mir ursprünglich eine ganz andere Übung gewünscht hatte, so schön war es. Da hatte ich die Rechnung aber ohne Natalie gemacht. Scheinbar hatte sie genau beobachtet, wie mir zumute war. Als ich so in Fahrt war, daß ein Orgasmus denkbar wurde, senkte sie unerwartet ihren vom Latex prall umspannten Hintern und die Lippen ihrer künstlichen Vagina küßten die ebenfalls in Gummi nachgebildeten Lippen meines Mundes. Genußvoll angeregt, begann ich, sie leiden-schaftlich zu küssen, auch wenn mein Orgasmus dadurch verzögert wurde. Genau das schien sich Natalie auch ausgerechnet zu haben, nach einer Weile beschäftigte sie sich erneut mit meinem Schwanz, ließ aber wieder von ihm ab, bevor ich den Höhepunkt erreichen konnte. Sie schien mich fix und fertig machen zu wollen.

Simone einmal zu zeigen, wo es lang ging, war eine willkommene Abwechslung für mich. Ich konnte mich gehenlassen und es genießen. Bernds Idee, sie stummzuschalten, war gut gewesen. Simone sollte nicht herumjammern, sondern ihre Lust erleiden. Ich würde sie auf eine Berg- und Talfahrt schicken, die sie noch nicht erlebt hatte. Ich war zwar selbst ein hilfloses Püppchen, aber nicht auf den Kopf gefallen, mit der Zeit hatte ich gelernt, mit den Einschränkungen meines Puppenkörpers zu leben. Ich kontrollierte Simone dadurch, daß ich abwechselnd ihren Schwanz mit meinem Mund liebevoll verwöhnte und ihr dann wieder meine Gummi-muschi ins Gesicht drückte, was sie anderweitig beschäftigte und auch daran hinderte, sich zu sehr in ihren Fesseln zu winden, da sie sich die Atmung einteilen mußte.

Simones Reaktionen waren ziemlich heftig, aber natürlich war es ein stummes lustvolles Leiden, daß ich ihr aufzwang. Damit der Reiz nicht dadurch genommen wurde, daß sie langsam ermüdete (obwohl es auch eine süße Qual gewesen wäre, sie in die totale Erschöpfung zu treiben, ohne daß sie sich dagegen wehren konnte), wollte ich einen gelungenen Abschluß provozieren. Ich verlagerte mein Körpergewicht mehr als zuvor mit meinem Latexpo auf ihr Gummigesicht und begann, ihren Schwanz mit meinem Mund noch einmal mit größter Ausdauer zu bearbeiten. So würde sie beide vorher einzeln empfundenen Reize zugleich erleben. Es schien zu funktionieren. Die Reaktionen ihres Körpers wurden immer heftiger, ihr Schwanz immer härter. Ich hielt mit meinen Beinen ihren Kopf wie in einem Schraubstock fest und drückte meinen Hintern kräftig in ihr Gesicht, anders war sie nicht zu bändigen, da ich meine Hände nicht zu Hilfe nehmen konnte. Sie kämpfte förmlich und schien den Sex ihres Lebens zu haben. Dann flachte ihre Atmung schlagartig ab, ihr Körper zitterte und die Spannung in ihrem Schwanz ließ nach. Ich hatte es geschafft! Ich stand auf, um sie zu erlösen, hatte aber nicht bedacht, daß es auch für mich eine Kraftanstrengung gewesen war. Ich balancierte auf meinen Absätzen, taumelte gegen die Tür, die sich öffnete, dann wurde mir schwarz vor Augen.

Unsere beiden Gummipuppen waren schon eine ganze Weile verschwunden, bestimmt hatten sie eine Menge Spaß, während wir sozusagen eine Herrenrunde bildeten. Dieters Frau hatte heute Servierdienst. Sie mußte mit eng gefesselten Beinen und in Hand-schellen steckenden Händen trippelnderweise Getränke auf einem Tablett von der Bar zu unserer Sitzgruppe bringen, was stets einige Minuten in Anspruch nahm. Schließlich meinte ihr Mann Dieter zu ihr "Wenn man aus dem Kinderzimmer nichts hört, dann stellen die Kinder gerade etwas an. Sieh mal nach unseren Puppen." Dieters Frau nickte kurz, stellte das Tablett ab und machte sich auf den langen Weg bis zum Spielzimmer, wobei sie sich fragte, ob es echte Sorge ihres Mannes war oder nur ein Vorwand, sie noch mehr herumtrippeln zu lassen.

Nach einer knappen Viertelstunde erschien Dieters Frau wieder. Sie versuchte mit ihren gefesselten Händen zu gestikulieren, und sie nahm keine Rücksicht auf die Fesseln, die ihr beim Gehen Schmerz zufügten, sie bewegte sich so schnell wie sie konnte, auf die Gefahr hin, dabei zu stolpern. Da stimmte etwas nicht, wir eilten zum Spielzimmer. Dort fanden wir unsere beiden Puppen bewußtlos, Natalie bei der Tür, Simone ans Bett gefesselt. Wir kümmerten uns zuerst um Natalie. Sie atmete flach, kam aber rasch wieder zu sich und nickte auf die Frage, ob es ihr gut ginge und es nur zuviel des Guten gewesen sei. Dann befreiten wir Simone von ihren Fesseln. Sie reagierte nicht. Es war keine Atmung zu spüren, und ihre Augen sahen starr aus der Maske. Wir holten Dr. Friedrich sofort dazu, aber es war zu spät. Simone war beim Sex mit Natalie erstickt.

Nach diesem Ereignis würde es nie mehr so werden wie früher. Es war ein Unfall, ein Tod aus Leidenschaft, "nur" das Ableben einer Puppe, aber natürlich hatte es unser Empfinden für immer verändert.

Simone konnten wir aus naheliegenden Gründen kein übliches Begräbnis zuteil werden lassen, aber wir wollten sie auch nicht verbrennen, dazu war sie auf ihren Latexkörper zu stolz gewesen, am liebsten hätte sie so ewig weitergelebt. Von diesem Gedanken tief bewegt, beschlossen wir, ihrem Andenken zuliebe einen großen Teil des zur Neige gehenden Rohlatexvorrats zu opfern. Wir bauten eine Form, die die Konturen eines Sarges hatte. Den Boden gossen wir mit einer dicken Schicht Flüssiglatex aus. Simones Körper wurde wie eine Mumie mit mehreren Lagen Latex bandagiert und dann in die Form gelegt. Wir nahmen einen letzten Abschied von ihr, dann wurde die Form komplett mit Latex ausgegossen. Nach dem Aushärten wurden die Seitenteile der Form entfernt und der schwere Gummiblock auf dem Holzboden mit einem Gabelstapler, den wir notdürftig wieder flottgemacht hatten, angehoben. An einer Stelle auf dem Gelände, an der einige malerische alte Bäume standen, an der Seite, die am weitesten von der zukünftigen Straße entfernt sein würde, hatten wir eine Grube ausgehoben. Über schräg gelegte Bretter, auf die eine eingeölte Plastikfolie gelegt war, ließen wir Simone in ihrem Gummisarg hinabgleiten. Dieter sprach einige Worte, Natalie mußte gestützt werden, um nicht zusammenzubrechen. Dann wurde die Grube zugeschüttet. Absichtlich versuchten wir, die Umgebung anschließend wieder so aussehen zu lassen, als wäre hier nichts geschehen. Simones letzte Ruhe sollte nicht gestört werden.

"Wie soll es weitergehen mit uns?"
Dieter stellte diese Frage, aber wir alle hatten sie seit Simones Tod im Kopf.
"Ich werde langsam zu alt für diese Abenteuer," meinte er, "außerdem trage ich Verantwortung für meine Gummifrau."
"Das ist bei mir noch stärker der Fall." meldete sich Bernd. "Natalie ist hilfloser als deine Frau. Bislang hat sich Simone um sie gekümmert, jetzt muß ich sie alleine versorgen. Ich weiß, daß sie Angst davor hat, daß ich mich in Gefahr begebe, und sie hat recht."

Es wurde eine längere Aussprache. Am Ende war allen klar, daß es die Organisation bald nicht mehr geben würde. Das war traurig, aber vermutlich klug. Es würde keine spannenden Erlebnisse mehr geben, aber auch keine Angst mehr, aufzufliegen. Man würde sich trennen, aber in Verbindung bleiben und sich besuchen.

Die kommenden Wochen waren mit den Tätigkeiten ausgefüllt, die die unauffällige Auflösung betrafen. Das war auch gut so, uns blieb kaum Zeit, über die anstehende schmerzhafte Trennung nach-zudenken. Die Kundendaten wurden für immer gelöscht, um alle Spuren zu verwischen. Die Restbestände an Latex und einige der eigens für unsere Zwecke angefertigten Vorrichtungen wurden in Kisten verpackt und gegen eine geringe Miete bei einer Lager-hausgesellschaft zur Aufbewahrung gegeben, Dieter hatte Zugriff darauf. Das Paar Bernd und Natalie suchte sich eine nette Mietwohnung unter falschem Namen. Dieter mit seiner Frau hatte seinerzeit vor der Flucht sein Haus mitsamt der Möbelierung über einen Strohmann vermietet. Den hatte er jetzt erfolgreich als Bösewicht mit einer saftigen Mieterhöhung vorgeschoben, so daß sein Haus bald wieder frei wurde. Als auch die Ärzte und sonstige Helfer eine Bleibe hatten, wurde der bekannte Makler aktiviert. Natürlich war der Wert der Liegenschaft durch die Straßenbaupläne gesunken. Trotzdem gelang es, sie zu einem Viertel des Kauf-preises wieder loszuschlagen. Der Käufer wollte die spätere Lage des Grundstücks an der Straße ausnutzen, um eine Tankstelle zu errichten. Das angesammelte Geld wurde gerecht aufgeteilt. Es genügte soweit, daß alle zwar nicht von den Zinsen leben konnten, aber höchstens halbtags oder drei Tage die Woche arbeiten gehen müßten. So war sichergestellt, daß genug Zeit zur Versorgung und zum angenehmen Zeitvertreib mit den Gummipüppchen blieb.

Die ehemaligen Verschwörer widmeten sich nun wieder ihren vor Jahren zugunsten des Latexprojekts aufgegebenen Hobbies, wenngleich sie einen Bezug dazu nicht lassen konnten. Bernd hatte immer gerne an Autos geschraubt. Mit Gedanken an ein adäquates Puppenbeförderungsmittel, welches natürlich Dieters schnöden Transporter übertreffen sollte, hatte er einen ausgemusterten Geldtransporter erstanden. Das Fahrzeug hatte Klimaanlage und Standheizung, was Voraussetzung war, damit die permanente Gummierung dem Kreislauf nicht zu sehr zusetzte. Es gab einen Durchgang zwischen den Fahrersitzen, der zu einem dritten Sitz hinter der Fahrerkabine führte. Hier konnte Natalie unbemerkt angeschnallt sitzend mitfahren. Im eigentlichen Laderaum, der von Natalie durch eine weitere Wand abgetrennt war, hatte Bernd die Regale ausgebaut, so daß der Wagen sonst als normaler Transporter zu verwenden war. Nachdem der Wagen außen gelb lackiert worden war, sah er auf den ersten Blick wie ein Fahrzeug eines Kurierpost-Unternehmens aus und fiel nicht weiter auf. Dieter bildete seine ohnehin guten Computerkenntnisse weiter und beschloß, sich mit seinen Phantasien in die virtuelle Welt zu begeben. Er programmierte ein Computerspiel, dessen verschiedene Charaktere ausschließlich dem Latexfetisch entsprungen waren. Aussehen und Ausstattung der eigenen Spielfigur konnte der Anwender mit viel Liebe zum Detail weitestgehend selbst bestimmen. Böse Überraschungen lauerten dort, wo man im Spiel auf Latexfiguren traf, deren Eigenschaften man nicht kannte. Da konnte es passieren, daß das Gegenüber nicht ausschließlich devot war, sondern sich plötzlich als Switcher entpuppte und man selbst zum Gefangenen wurde.

So hatten sich die Mitverschwörer ins Privatleben zurückgezogen. Die gummierten Partnerinnen wußten es zu schätzen, daß ihre Herren sich nun ausschließlich mit ihnen beschäftigten. Sie waren umso williger. Von Zeit zu Zeit besuchte man sich gegenseitig und erinnerte sich der gemeinsamen Erlebnisse. Noch einmal so etwas anzufangen stand jedoch nie mehr zur Debatte.

Epilog

Es würde keine neuen Puppen mehr geben. Die Organisation hatte mit der Zeit rund vierzig Puppen erschaffen. Jede ein Unikat, jede mit einer eigenen Geschichte und jede mit einer ganz besonderen Bestimmung. Keine wußte, daß es außer ihr noch andere gab, und sie würden sich nie begegnen. Die Organisation, die ihre Existenz erst ermöglicht hatte, gab es nicht mehr. Die Puppen waren vergleichbar mit gestohlenen Kunstwerken, die in Privatsammlungen verschwunden waren, es gab sie, vielleicht hatte irgendjemand irgendwann irgendetwas über sie gehört, aber man sah sie nicht. So wurden sie zu so etwas wie die Personen in einer Verschwörungstheorie. Es gab weder einen Beweis für noch gegen ihre Existenz, es kam darauf an, ob man daran glauben wollte oder nicht...